小学館文庫

付添い屋・六平太

河童の巻　嚙みつき娘

金子成人

小学館

目次

付添い屋・六平太

河童の巻　嚙みつき娘

第一話　深川うらみ節

一

　秋になって、ほどなく二月が過ぎ去ろうかという時節である。

　八月になったばかりの頃《ころ》は、時々、夏の余熱を感じることもあったが、八月十五日の放生会《ほうじようえ》が過ぎたとたん、一気に秋が深まった気がする。

　天明《てんめい》七年（一七八七）に十一代将軍となった徳川家斉《いえなり》の治世は、天保《てんぽう》四年（一八三三）八月二十日の今日まで、四十六年の長きにわたっていた。

　しかしこの夏、出羽《でわ》や陸奥《むつ》地方では洪水や冷害に見舞われて米の値が上がり、江戸の町には不安の色が広がりはじめていた。

　洗濯をして絞った褌《ふんどし》や長襦袢《ながじゆばん》、足袋《たび》などを突っ込んだ籠《かご》を抱えた秋月六平太《あきづきろつぺいた》は物干し台に出た途端、日射《ひざ》しから眼《め》をそむけた。

浅草元鳥越《もととりごえ》の『市兵衛店《いちべえだな》』に住む六平太の家は、二階に四畳半の一間があり、戸を開ければ、屋根の上に張り出している物干し台へと出られる。

物干し台は大川が流れる東方に向いていて、まともに朝日を浴びることになるのだ。

竹竿《たけざお》に長襦袢を干して日除《ひよ》けにした六平太は、褌などを手際よく干していく。

今朝は、首のあたりに寒さを感じて日の出前に眼は覚めたのだが、すぐに起き出しはせず、掻巻《かいまき》にくるまって近隣から届く音に耳を傾けていた。

今日は急ぎの用もなく、昨夜の残りの飯や買っておいた蒸《ふ》かし芋があるので朝餉《あさげ》の支度もすることはなかったのだ。

掻巻にくるまって四半刻《しはんとき》（約三十分）ほどごろごろしていた六平太は、洗面を済ませると朝餉を摂《と》り、食器を洗うついでに、井戸端で洗濯までやってのけたのである。

洗い物を竹竿に干し終えたのと同時に、鐘の音が届き始めた。

五つ（八時頃）を知らせる浅草の時の鐘である。

この時分の『市兵衛店』はいつも静かである。

平屋の三軒長屋と二階家の三軒長屋が、どぶ板の嵌《はま》った路地を間に向かい合っているが、二階家のほうに空き家が一軒あるので、住人は、大家の孫七《まごしち》、大工の留吉《とめきち》お常《つね》夫婦、大道芸人の熊八《くまはち》、噺家《はなしか》の三治《さんじ》、それに六平太の六人だった。

出職の留吉や熊八は、雨の日以外はいつも朝早くから仕事に出かけるが、六平太と三治は決まった刻限に出かけることはなかった。

「秋月さん、おはようござる」

足元から聞きなれた男の声がした。

「おれはここだが」

物干し台の手摺《てすり》から身を乗り出した六平太が路地を見ると、戸口の廂《ひさし》から姿を現した平尾伝八《ひらおでんぱち》と妻女が、物干し台を見上げた。

「なにごとですか」

「いや。洗濯物をね」

そう言いかけてやめた六平太は、伝八に、

「しかし、二人お揃《そろ》いで、どこかへお出かけですか」

笑みを浮かべて問いかけた。

「いやぁ、妻と共にこちらの家を見せていただけるということだったので」

返ってきた伝八の言葉を聞くとすぐ、

「あ、いかん。今日でしたね」

声を発した六平太は、急ぎ四畳半に戻ると、階段を駆け下りた。

「平尾さん、すぐに大家さんを呼んできますから、しばらくお待ちを」

路地に飛び出した六平太は、戸口に立っていた平尾夫婦に声を掛けると、木戸に近い大家の孫七の家に飛び込んだ。

「孫七さん、『市兵衛店』の空き家を見たいというおれの知り合いが来てるんだがね」

六平太は、長火鉢を前に茶を飲んでいた孫七に早口でまくし立てる。

知り合いは平尾伝八といい、口入れ屋『もみじ庵《あん》』で付添いの仕事をもらうことになった浪人だと告げ、神田橋本町《はしもとちょう》の長屋をひき払いたいらしいのだとも続けた。

一月ほど前に初顔合わせをした当初、六平太の月々の店賃《たなちん》が二朱百八十文（約一万六千百円）だと知った伝八は、思った以上の高値に尻込みをしていた。

ところが三日前、

「『市兵衛店』の秋月さんの隣りがまだ空いていれば、一度中を見てみたいのですが」

六平太は、大家への口添えを頼まれていたのである。

「この一月の間に、『もみじ庵』から仕事を回してもらい、実入りも見込めるようになりました。それに、洗濯屋の仕事を請け負っております妻の稼ぎもありますので、雨漏りのする長屋からの転居を考えるに至ったのです」

その時、三日後の二十日に、妻を伴って『市兵衛店』を見に行きたい旨も聞いていたのだが、孫七に伝えるのをすっかり忘れていたのだと、六平太は正直に打ち明けた。

「平尾さん、このお人が大家の孫七さんです」

孫七を急ぎ路地に引っ張り出すと、六平太は平尾夫婦と引き合わせた。

「それがし、平尾伝八と申しまして、これにおりますのが、妻の多津江《たつえ》です」

「多津江と申します」

多津江は、柔和な笑みを浮かべて、孫七に頭を下げた。

「まぁともかく、二人に家の中を見てもらったらどうだい」

六平太が促すと、

「そうしましょ。ささ、こちらへ」

孫七は、六平太の家と自分の家に挟まれた空き家の戸を開けると、土間に履物を脱いで板張りに上がる。

平尾夫婦は、荷物も何もない部屋を一瞥《いちべつ》すると、孫七に続いて階段を上っていく。

「ふう」

空き家の土間の框《かまち》に腰を掛けた途端、六平太の口から小さなため息が洩《も》れた。

するといきなり、

「秋月さんは、間借り人の口利きまでなさるんだねぇ」

路地から顔だけを突き入れたお常が、にこりと笑いかけた。

「同じ口入れ屋の仲間でね」

「その話は家の中に届いてましたよ。流しの連子格子《れんじごうし》から覗《のぞ》き見た限り、奥方は若いね」

「年の話をしたことはないが、ご亭主にしてもおれより二つ三つは若い三十四、五ってとこだから、推して知るべしだな」

お常にはそう返答をした六平太だが、多津江は恐らく三十二、三だと踏んでいる。

向かいの三軒長屋から戸の開け閉めの音がしてほどなく、黄色いものが路地に立った。

「この上の物干し台から夫婦もんらしいのが引っ込んだが、あれはなんなんです」

天を指さしてそう口走ったのは、黄はだ色の着物に鬱金《うこん》の羽織という、黄色ずくめの装《な》りをした噺家の三治である。

「お前さん、まだいたのかい」

お常が呆《あき》れたような物言いをすると、

「昨夜の酒がよかったのか、日の出も知らずに寝てまして」

三治は苦笑いを浮かべた。

「お、やっぱりお常さんと三治さんの声でしたね」

先に立って階段を下りて来るなり、孫七は二人に笑顔を向けた。

「平尾さん、どうでした」

孫七に続いて下りてきた平尾夫婦に声を掛けると、

「いやぁ秋月さん、もったいないような部屋ですよ」

伝八は、大きく頷《うなず》いた。

「なんと申しましても、あの物干し台は嬉《うれ》しい限りです」

多津江はすぐに呼応して、声をはずませた。

「うちのはなにせ、洗濯の請負をしておりますから、広い物干し場がありがたいようで」

「それもですが、二階から遠くを眺められるというのは楽しいじゃありませんか」

多津江の顔に喜色が広がっていた。

「それじゃ、こちらにお住まいになられるんで」

三治の問いかけに、「そのつもりです」と頷いた伝八は、

「すぐにも移り住みたいのですが、向こうの大家さんに伝えたうえで、支度に取り掛かることになりますので、家移りの日にちは後日お知らせしようと思います」

孫七に対して、事細かに伝えた。

「平尾さん、この人はお常さんと言って、大工のご亭主と二人、向かいの棟の右端に住んでましてね」

六平太が引き合わせると、

「えぇ、わたしは三治と申しまして、秋月さんの向かいに住んでおりますので、ひとつよろしゅう」

三治は自ら名乗りを上げた。

『市兵衛店』の下見に来た平尾夫婦と連れ立って浅草元鳥越を後にしたのは、五つ半（九時頃）を少し過ぎた頃おいだった。

付添い仕事の有無を聞きに、口入れ屋『もみじ庵』に行くつもりだった六平太は、『義助店《ぎすけだな》』に戻るという平尾夫婦とは神田橋本町で別れると、その足を神田岩本町《いわもとちょう》へ向けていた。

東西に延びる藍染川《あいぞめがわ》に沿って西に向かうと、小さな流れに架かる弁慶橋《べんけいばし》という小橋がある。

その橋の西南が神田岩本町で、『もみじ庵』は弁慶橋近くの角地にあった。

出入り口は、厳寒時か強風の時など、よほどのことがない限りいつも開け放たれているので、胸元まで垂れ下がっている暖簾《のれん》が戸の代わりを務めているようなものである。手垢《てあか》や風雪で色あせた臙脂《えんじ》色の暖簾を片手で割った六平太が土間に足を踏み入れた途端、

「こりゃ、秋月さん」

帳場近くの板張りに胡坐《あぐら》をかいたり、框に腰掛けて煙草《たばこ》を喫《の》んだりしていた五人ほどの男の一人から声が掛かった。

「おう。仕事帰りか」

六平太が声を掛けると、陸尺《ろくしゃく》や中間《ちゅうげん》の装りをしていた男たちが小さく頷いたが、

「下城を見計らって、昼頃には城に戻ることになってます」

若党の装りをした男は苦笑いを浮かべると、煙管《きせる》を口にした。

登城する大名や旗本の行列に、若党や挟み箱《はさばこ》持ち、乗り物を担ぐ陸尺として雇われた連中は、お仕着せの衣装をはだけてくつろいでいる。

「おお、秋月さんでしたか」

奥から板張りに姿を現した主《あるじ》の忠七《ちゅうしち》が、土間近くの帳場に腰を下ろした。

「なにか、仕事の口はないかと思ってね」

そう言いながら六平太が框に腰掛けると、

「いいところへお出《い》でになりました。確か、五日後の二十五日に、付添いがございます」

愛想のない声でそういうと、忠七は帳面を開いた。

「例の、深川『いかず連《れん》』の皆様の大川での舟遊びの後、夕刻からは、深川の料理屋での会食の付添いでして、ぜひとも秋月様にお願いしたいという、『飛驒屋《ひだや》』のお登《と》世《せ》様のお名指しです」

そういうと、忠七は顔を上げ、初めて笑みを浮かべた。

『いかず連』――その名を聞いた途端、六平太は両肩に重みを感じた。

登世というのは、木場《きば》の材木商『飛驒屋』の娘の名である。

その登世がこの夏、深川の幼馴染《おさななじ》みたちと語らって、〈嫁入りなどものともせず、堂々と独り身を通そう〉という旗印を掲げて立ち上げたのが、『いかず連』と名付けられた未婚の女五人の集まりなのだ。

初手は女四人で帆を上げた『いかず連』だったが、船出した早々、女二人の縁談が判明して、登世は一旦《いったん》帆を下ろした。しかし、すぐに新たな三人の女を取り込むと、新生なった『いかず連』を船出させたのである。

その最初の行事は新堀村《にっぽりむら》の道灌山《どうかんやま》での虫聞きで、六平太は、その付添いを先月請け負ったばかりであった。

その時、やけに疲れたことが、まざまざと思い出される。

出来れば『いかず連』の付添いは避けたいが、断わったあと、登世がどういう言動に出るかを思うと、いささか恐ろしい。

しかし、登世と父親の山左衛門《さんざえもん》と母親のおかねは、五年以上にもわたる御贔屓《ごひいき》でもあり、恩にも与《あずか》っていたから、『飛驒屋』一家を無下には出来ない。

「分かった。受けるよ」

六平太は、忠七に向かって、力なくそう答えた。

秋の日射しは中天近くから降り注いでいた。

大川の河口近くに架かる永代橋《えいたいばし》は、海からの風が川筋を吹き抜けていて、暑さに閉口することはなかった。

口入れ屋『もみじ庵』を出た六平太は、その足を木場に向けている。

『いかず連』の付添いを引き受けたものの、主宰する登世に確かめておきたいことがあり、『飛騨屋』を目指したのである。

永代寺門前町から三十三間堂《さんじゆうさんげんどう》前を通り過ぎた六平太は、『飛騨屋』の裏手にある住居の出入り口に回り、声を掛けた。

「やっぱり秋月さんでしたね」

戸口に笑顔で出てきた古手の女中のおきちは、少しお待ちをと口にして奥へ引っ込んだが、ほどなく戻ってくると、

「お上がり下さるようにとのことでして」

招じ入れた六平太を、中庭に面した小部屋に案内してくれた。

「お嬢さんはすぐに参られますよ」

おきちが、そう言い残して部屋を出るのと入れ違いに、登世が母親のおかねを伴って中庭の縁に現れた。

「もしかしたら、『もみじ庵』に頼んでいた付添いのことかしら」

おかねと並んで膝《ひざ》を揃えた登世は、六平太が挨拶《あいさつ》をする間もなく問いかけた。

「ええ。『いかず連』の皆さんの、舟遊びだと聞きましたので、『もみじ庵』にはお引き受けすると返事をしておきました」

六平太が返事をすると、

「秋月様がおいでになるなら、わたしも一緒に行きたかったわねぇ」

小さく口を尖《とが》らせたおかねが、隣りの登世を軽く睨《にら》んだ。

「大川を上ったり下ったりするから、おっ母《か》さんには無理な行程だって言ったじゃないの。『いかず連』の七月の虫聞きに付いてきた時も、おっ母さん、翌日はぐったり疲れ果ててたくらいだもの」

登世はおかねに向かって、まるで駄々っ子を諭すような物言いをした。

二十五日の舟遊びの日のことは、先刻忠七から聞いていたが、登世のいう通り、おかねには少々きつい行程かと思われる。

その日の四つ（十時頃）に、『いかず連』のおなご衆を乗せた屋根船は深川を出て、両国橋近くの浅草下平右衛門町《しもへいえもんちょう》の岸辺で待つ六平太を乗せると、秋めいた大川を眺めながら、浅草に向けて遡上《そじょう》することになっていた。

昼餉の後は浅草七福神などを巡り、夕刻には深川に戻って、永代寺門前、二ノ鳥居近くの料理屋『村木屋《むらきや》』で会食というのが、おおまかな行程だった。

登世が柔らかく釘《くぎ》を刺すと、おかねは仕方なさそうに頷いた。

「それで、秋月様がいらしたわけというのはなんなのでしょう」

登世が、思いついたように六平太に眼を向けた。

「二十五日の付添いに、連れを一人加えたいのですが」

「あの人は駄目ですっ」

六平太の言葉を断ち切った登世は、挑むように背筋を伸ばし、

「『いかず連』のせっかくの集まりが辛気臭《しんきくさ》くなるし、賑《にぎ》やかな宴席が暗く重くなってしまうもの。道灌山に虫聞きに行った夜も、まるでお通夜みたいになったじゃありませんか」

なるほど――腹の中で呟《つぶや》いて、六平太は思わず笑みを浮かべた。

登世が口にしたあの人というのは、平尾伝八のことに違いなかった。

「おれが連れて行きたいのは、噺家の三治ですよ」

六平太がそういうと、

「なんだ。三治さんなら大いに歓迎しますよぉ。またしてもあの浪人の付添い屋さんを連れてくるなどと仰《おつしや》ったら、秋月様との縁もこれきりにするつもりでした」

すっかり安堵《あんど》した登世は、目じりを下げた。

「わたしはあのご浪人様、静かだし落ち着くけどね」

「だったら、あの人をおっ母さん付きの付添い屋さんにすればいいのよ」

登世が、突き放したような声を浴びせた。

しかし、おかねはそんな物言いに動じることなく、いつも通り、のどかな笑みを湛《たた》えていた。

二

八月二十五日は、朝から晴れ渡っていた。

二日前の昼過ぎから、浅草元鳥越町一帯に強風が吹いた時は、誰もが野分《のわき》かと身構えたのだが、夕餉の支度をする時分には収まった。

昼近い大川の流れはゆったりとしていて、二日前の強風の影響はまったく見られない。

大川の流れと混じり合う神田川の北岸に浅草下平右衛門町があり、柳橋《やなぎばし》の北詰一帯には、名のある料理屋などが軒を並べており、夜ともなると艶《あで》やかな花街の顔を見せる。

柳橋からほんの少し北側にある代地河岸の畔《ほとり》に立った六平太と三治は、川下に眼を向けていた。

六平太は菅笠《すげがさ》を持たずに藤《ふじ》色の着流し姿で、三治は鶸《ひわ》色の着物に銀鼠《ぎんねず》の羽織を纏《まと》っている。

人を乗せた猪牙船《ちょきぶね》や物を運ぶ荷船が上り下りしている大川は活気がある。

そんな上り下りの船の合間を突っ切って対岸へと切り込む、豪気な小船や漁船もいるから見ていても飽きない。

「あれだな」

六平太が呟くと、三治も川下の方に目を凝らした。

両国橋の下を通り抜けてきた一艘《そう》の屋根船が、代地河岸へ舳先《へさき》を向けて近づいてくる。

簾《すだれ》を巻き上げた屋根船の中には、五人の女たちの影があった。

「お、おなご衆が五人お揃いですな。よっ『いかず連』」

三治はそういうと、ぽんとひとつ、手を打ち鳴らした。

やがて、屋根船は河岸の畔に舷側《げんそく》を付けた。

艫《とも》に立っていた船頭が、手にしていた棹《さお》を船縁《ふなべり》に置くとすぐ岸辺に飛び降りて片膝をつき、船縁を摑《つか》む。

「旦那方《だんな》、どうぞ、お乗りんなって」

「すまん」

船頭に勧められるまま、六平太と三治は屋根船へ飛び移った。

船頭は船縁を摑んだまま片足で岸辺を蹴《け》って屋根船を押し出すと、ひょいと艫に飛び乗る。

すぐ棹を摑んで川底に突き刺し、川の中ほどへと屋根船の舳先を向けた。

てきぱきとした一連の動きは見事という他ない。

火消しと並んで、船頭が男の仕事の花形と言われる所以《ゆえん》だろう。

「秋月様は『いかず連』の付添いは二度目ですから、お連れの三治さんをみんなにお引き合わせすることにしますね」

登世が声を張り上げたのは、岸辺を離れた屋根船が大川を遡上し始めた時である。

「秋月様がお連れになったのは、噺家の初音亭《はつねてい》三治さんです」

「ええ、どうも。皆様お初にお目にかかります、初音亭三治と申しまして、噂《うわさ》によれば、江戸一番の色男と言われているケチな男でございます。どうか、よろしくお付き合いのほどお願い申し上げます」

眼の前に扇子を置いた三治が、まるで寄席《よせ》の高座に上がったように真面目《まじめ》腐った顔で口上を述べると、二、三の女から「ふふっ」と小さな笑い声が洩れた。

「それじゃ三治さん、わたしの隣りにいるお千賀《ちか》ちゃんから」

「島田町《しまだちょう》の千賀です」

登世の隣りにいたお千賀が島田町の刃物屋の娘だということは、七月の付添いの時に聞いていた。年は登世と同じ二十一だが、大きい目をした顔は色白で、真っ赤な口紅が艶やかに映えている。

「登世ちゃん、後は一人ずつ名乗るから任せてよ」

口を挟んだのは瀬戸物屋の娘のおしのだった。

「永代寺門前仲町《もんぜんなかちょう》のしのです」

二十三という、『いかず連』の中で一番年かさのおしのはまるで、怒ってでもいるかのように片方の肩を上げて名乗った。

「仲《なか》といいます」

だが、それは本人が気づかないまま出てしまういつもの癖のようだ。

小さく照れてでもいるような物言いをしたのは、十九になる山本町《やまもとちょう》の傘屋の娘である。

「わたしは、今宵《こよい》皆さんに料理をお出しする、二ノ鳥居の料理屋『村木屋』の紋《もん》でございます。三治さん、ひとつよろしくね」

二十二になるお紋から笑みを投げかけられた三治は、「へへっ」と声を上げて両手を突いた。

「こうも見目麗しき皆様方からご丁寧なご挨拶を頂戴《ちょうだい》しまして、天にも昇るような心持ちでございます。今後とも、御贔屓お引き立てのほど、よろしくお願い申し上げます」

三治が、床の薄縁《うすべり》に額をこすり付けると、『いかず連』のみんなから好意に満ちた声が飛んだ。

やはり、三治を連れ出したことに間違いはなかった――六平太は、内心、快哉《かいさい》を叫んでいた。

『いかず連』に殊更《ことさら》気を遣うことはないが、『嫁になんか行かずに独り身を通す』のだと公言して憚《はばか》らないような女五人と、半日以上も行動を共にするのがいかに疲れるかということは、前回、虫聞きに付添った時に身に染みていたのだ。

三治は噺家だが、高座のないときは贔屓筋や、日本橋辺りの商家の旦那衆の集まりに幇間《ほうかん》代わりに呼ばれて、座持ちの才を大いに発揮していた。

そんな三治を付添いに伴えば、六平太の疲れ具合は半減するに違いないと睨んだのである。

「もう、三治さんたらいやぁね」

笑いを含んだお仲の声が船内に響き渡ると、ほかの女たちからも笑い声が弾《はじ》けた。

自分の思惑通りにことが進んでいることに気をよくした六平太は、ゆったりと流れる川面《かわも》に眼を遣《や》ると、小さくほくそ笑んだ。

西日は城の西方に沈んだばかりで、深川一帯は夕焼けに染まっている。

『いかず連』と六平太、三治を乗せて浅草を出た屋根船は、大川を下り、永代橋の下を通り過ぎた先で左に舳先を向けると、深川相川町《あいかわちょう》と越中島《えっちゅうじま》の間の水路に入り込んだ。

この水路は大島川《おおしまがわ》とも二十間川《にじっけんがわ》とも呼ばれて、木場の貯木場やその先の六万坪《ろくまんつぼ》へもつながっている。

狭い大島川に入った屋根船は速度を落として進む。

『いかず連』の女たちは、船縁にもたれたり、屋根の柱に背中を預けたりして、眠っていた。

昼頃、竹屋《たけや》ノ渡《わたし》で船を降りた『いかず連』と六平太、三治の面々は、毘沙門天《びしゃもんてん》を祀《まつ》る待乳山《まつちやま》聖天社《しょうでんしゃ》に参ったあと、浅草寺《せんそうじ》脇《わき》の料理屋で昼餉を摂った。

その時、お千賀が、

「ほんの少しお清めの酒を呑《の》もうよ」

と切り出すと、『いかず連』一同が賛同して、冷酒を運ばせた。

その酒が勢い付かせたらしく、昼餉の膳《ぜん》を空にした女たちは、とりとめのない話に盛り上がった。

「残り六つの七福神を巡るには一刻半（約三時間）は掛かるから、急ぎますよ」

六平太が急《せ》かして七福神巡りは再開したのだが、その後の女たちの動きは格段に鈍くなった。

浅草寺の大黒天《だいこくてん》、浅草神社の恵比寿《えびす》を参ったところで、

「これから千束《せんぞく》の鷲《おおとり》神社に行って、そこからぐるっと橋場《はしば》の布袋《ほてい》様や石浜《いしはま》神社を回るのは無理だよお登世ちゃん」

年かさのおしのが、欠伸《あくび》交じりでそういうと、ふうと息を吐いた。

おしのが口にした通り、今の調子で残りの七福神を巡れば、屋根船の待つ七つ（四時頃）に、竹屋ノ渡に戻るのは困難だと思えた。

「久しぶりに歩きまわったせいか、ふくらはぎがちょっとね」

境内《けいだい》の塀に片手を突いて片足立ちになったお千賀は、浮かした片足を膝の所から折ると、白いふくらはぎを揉《も》み始めた。

「お登世さん、これはもう思い切って行き先を減らさないと、日が暮れてしまいますよ」

三治がそこで口を挟むと、

「そしたら、今戸《いまど》神社の福禄寿《ふくろくじゅ》を参ったら竹屋ノ渡で帰りの船を待つことにしましょう」

三治の意見に後押しされたのか、登世がそう決断した。

ところが、今戸神社の参拝を終えたとき、刻限はまだ八つ半（三時頃）だった。

渡し場で屋根船に乗り込むまで、あと半刻（約一時間）がある。

「それじゃ、精進落としの真似事《まねごと》でもしようじゃないの」

お千賀の提案に異議を挟む者はおらず、竹屋ノ渡近くの小さな料理屋の座敷で〈精進落とし〉となった。

帰りの屋根船に乗り込んでしばらくすると、『いかず連』一同は思い思いの格好になって眠りに落ちてしまった。

酒の量はたいしたことはなかったのだが、船の揺れと酒が睡魔となって、疲れた体に忍び込んだようだ。

大島川を進んだ屋根船は、蓬萊橋《ほうらいばし》の下を潜《くぐ》るとすぐ左へ曲がった。

曲がった先には、富岡八幡宮《とみおかはちまんぐう》の二ノ鳥居があり、その奥に立つ社殿が望めた。

「着きましたよぉ」

六平太が大声を上げると同時に、屋根船は軽く音を立てて船着き場に舷側を付けた。

「あぁ、いい気持ちだこと」

「よく寝たぁ」

酔いの覚めた女たちは口々に声を上げながら、船を降りる。

「ささ、秋月様も三治さんもみんなも、あたしに付いてきて」

お紋は声を張り上げると、先頭に立って宴席の場へと一同を率いた。


料理屋『村木屋』は、富岡八幡宮の二ノ鳥居近くにあった。

二階の座敷の窓からは、夕闇に覆われはじめた深川の海が望める。

『いかず連』の宴席に料理と酒が運ばれてからほどなく半刻が経《た》とうとしている。

開けられた障子から風が入り込むが冷たくはなく、むしろ、日の光を浴びた昼間の火照りがいまだにまとわりついているような気がする。

永代寺門前一帯は昼間から繁華な町であった。

日が落ちて、夜の帳《とばり》が深まるにつれて、町には人を誘うような明かりが灯《とも》り始め、表通りから小路の奥に至るまで、男の鼻をくすぐる脂粉の匂《にお》いが漂い、賑やかな太鼓や三味線の音が交錯するのだ。

『いかず連』の面々と六平太、三治が飲み食いをしている座敷に、『村木屋』のどこかの部屋から、賑やかな男女の声が届いていた。

「ちょいとお聞きしますがね」

盃《さかずき》を置いた三治が、少し改まった物言いをすると、話や飲み食いに忙しかった女たちの手が、ふと止まった。

「三治さん、なぁに？」

頬《ほお》をほんのり赤らめた登世が、笑顔を向けた。

「この『いかず連』というのが、女の幸せは嫁入りだけではなく、たとえ嫁に行かなくても、一人世間の荒波を雄々《おお》しく乗り切ることを眼目とするご婦人の集まりだということは、今日一日でなんとなく分かったのでございますが――しかし、このような生きのいい、利発で見目麗しき方々を嫁に欲しいという男は数多《あまた》おりましょうに、わたしに言わせれば、いかにも惜しいと申しますか、ねぇ」

「そしたら、三治さんはわたしをもらってくださるの？」

傘屋のお仲が、酒で赤くなった顔を綻《ほころ》ばせた。

「ちょっとお仲ちゃん、わたしたちはさぁ、男にもらってくださるのなんていう物言いをしたくないのよ。お前さん方をもらってやるのはわたしたちだよっていう気概を持たないでどうするのよっ」

千賀が赤い唇でまくし立てると、お仲は軽く口を尖らせて、盃に残った酒を飲み干した。

七月の虫聞きの時、酒はたしなまないと言っていたお仲は、その後どうやら少し口にするようになったようだ。

「よその家に入ると、好きなことも出来ないしさぁ」

「そうなのよぉ。去年嫁に行った黒江町《くろえちょう》のお美代《みよ》なんか、里帰りするたびに泣いてるわよ」

お紋の言葉に同調したおしのは、片方の肩をさらに上げて、

「亭主や義理の親に縛られて、息苦しいっていうのよ。それで、思い切って離縁しようかと言ってる」

とも吠《ほ》えた。

「そうよ。思い切って離縁すればいいのよ」

「おや、登世さんからそんな強いご意見が出るとは思いませんでしたよ」

三治はそういうと、片手で自分の額をぱちんと叩《たた》く。

「登世は、入り婿《むこ》の男を離縁して追っ払った口だからさ」

「なるほど」

千賀の言葉に得心して、三治はぽんと手を打った。

「嫁に行った女の方から亭主に離縁状を叩きつけられるようなご時世《じせい》になればいいのにねぇ。そしたら、嫁に行くたんびに、気に入らなきゃこっちからどんどん離縁してやるんだ」

「その手がありますねぇ。おしのさん、よっ」

三治は間合いよく〈よいしょ〉を口にした。

流石《さすが》に座持ちで金を稼ぐだけのことはある。

いかにも無茶な話でも意見でも、幇間は決して異議を口にしてはいけないのだということを、以前聞いたことがあった。

「なるほど」とか「さすが」などと口にして、相手をいい気にさせるのが幇間の腕の見せどころなのだ。

「だけどさ、ふっと先々のことを考えることない？」

窓の敷居に背中を預けていた千賀が、独り言のような声を吐いた。

「先々ってなによ」

近くにいた登世が、横座りしていた体を少し捻《ひね》って千賀を見る。

「この先、一人のまま、年を取った時のこと」

そう口にして、顔を天井に向けた千賀の言葉に、誰からも返事はない。

「たとえば、うちだったら、お父《と》っつぁんが死んだら、刃物屋を継ぐのは兄なんだ。その兄が嫁を迎え、子が出来る。店には手代や小僧、裏には研ぎの職人が三人は居る。そんな家ん中に、嫁に行かない独り者のわたしが居るんだ。行かず小母《おば》のわたしがね。いや、それより、そこに居られるかどうかだよ。兄嫁が気性の強い女だったら、わたしを追い出そうとするかもしれない。その時、あの兄がわたしを庇《かば》ってくれるかどうかだ。家を出されたとして、一人で暮らしを立てて行けるかどうか」

千賀が、天井に向けていた顔を戻しても、誰からも声はなかった。

千賀の不安は、ほかの『いかず連』の面々の胸にもずしりと響いていたのかもしれない。

いつの間にか、開けられていた窓の外は真っ暗になっていた。

だが、通りを行き交う足音や近隣からの音曲は、途切れることなく座敷に入り込んでいた。

「嫁には行かないけど、妾《めかけ》はいいんですか」

突然お仲が、あどけない物言いをした。

「それは嫁とは言わないから、好きにすればいいのよ」

きっぱりと断じたのは、瀬戸物屋のおしのだ。

「お仲ちゃん、あんたお妾になるつもりなの？」

お紋が問いかけると、千賀が、

「お仲ちゃんならなるかもしれないよ。傘屋の娘だけあって、普段は人前で顔を隠すように控え目だけど、この子の本性は破れ傘なんだから。いざとなったら片肌を脱いで、破れ傘の隙間《すきま》からこっそり獲物《えもの》を狙《ねら》うに違いないんだ。ね、お仲ちゃん」

千賀が笑顔を向けると、お仲は「いやぁねぇ」と笑い、赤くなった顔を袂《たもと》で隠した。

突然、廊下の方から物のぶつかる音がし、何人かの男の怒鳴るような声も届いた。

六平太たちがいる座敷から離れた場所で騒ぎが起きたようだ。

「わたしが様子を見て来る」

三治の肩に片手を突いて立ち上がったお紋は、料理屋『村木屋』の娘の務めだと言わんばかりに、勇んで廊下へと出て行った。

三

お紋が座敷を出て行ってしばらくすると、先ほどの怒声の飛び交いはなくなった。

だが、『村木屋』の奉公人らしい男衆の、騒いだ客を宥《なだ》めようとするやり取りは微《かす》かに届いている。

「お待たせ」

廊下から声が掛かるとすぐ障子が開いて、五十がらみのお店者《たなもの》を伴ったお紋が座敷に入ってきた。

「こりゃ、お千賀さんお登世さんはじめ、皆々様、今日はようお越しくださいました」

「お父っつぁん、挨拶はいいから」

「あ、そうだな」

お紋にお父っつぁんと呼ばれたのは、『村木屋』の主人だろう。

「わたしは、『村木屋』の主、儀兵衛《ぎへえ》にございます。ただいまは、あちらの席の若いお武家衆が騒ぎ立てられましたが、間もなく番頭たちが鎮めるものと思いますので、ごゆっくりお寛《くつろ》ぎ願いとう存じます」

畳に手を突いた儀兵衛は、丁寧に挨拶をした。

「ちらっと覗いたけど、あれは、どこかの旗本の小倅《こせがれ》どもと、お屋敷に出入りしてる商家の若旦那に違いないね。だけどお父っつぁん、一緒に居た三人の女たちはなんなのよ」

お紋が問いかけると、

「若いお武家様たちに連れられてきたおなご衆でねぇ」

儀兵衛の顔に戸惑いのようなものが浮かんだ。

「さっき座敷に近づいたら、武家らしいのが、奥に布団を敷けだのなんだのと喚《わめ》いていたけど、出合茶屋と間違えてるんじゃないの」

目を吊《つ》り上げてまくし立てるお紋の声に、儀兵衛の顔には、深刻な色が刻まれた。

「『村木屋』の旦那、そりゃ、噂に聞く〈小酉密会〉の連中じゃありませんかねぇ」

三治が、聞きなれない言葉を口にした。すると、

「多分、その手のお客様ではないかと思います」

儀兵衛は、三治に向かって小さく頷いた。

「わたしの知り合いの料理屋さんでも、女を引き連れて上がり込んで無体なことをする〈小酌密会〉に大騒ぎをされて商売に障りが出たと嘆いておりますようで」

儀兵衛はそう言って大きくため息をついた。

〈小酌密会〉というのは、武家や商家の子弟たちが、元遊女や水茶屋の茶汲《ちゃく》み女、隠し売女《ばいた》などと船宿に繰り込んで酒宴に及び、その後は部屋を移して肉欲に耽《ふけ》る集まりのことだと、三治は『いかず連』の女たちを憚りつつも、六平太に話をしてくれた。

「お待ちくださいまし。こちらには他のお客様もおいでですから」

懸命に訴える中年男の声がすると、やがて、勢いよく障子が開けられ、それぞれ女を伴った、年恰好《としかっこう》の似た若侍三人が無遠慮に座敷に入り込んだ。

「番頭さん、こちらはどなたよ」

お紋は、侍たちを押しとどめようとしながらやってきた四十過ぎの男に声を掛けた。

「申し訳ありません」

番頭は、今にも泣きそうな顔で頭を下げた。

「丹二郎《たんじろう》さん、ここはいけません」

侍たちの後から入ってきたお店者と思《おぼ》しき男が、部屋の中の六平太や三治の姿を眼にすると、一人の若侍の前で両手を広げて行く手を阻んだ。

「皆様どうか、お座敷にお戻りを」

立ち上がった儀兵衛は、お店者に丹二郎と呼ばれた侍の前で軽く腰を折った。

「どうかお引き取りくださいますよう」

「いやだな」

儀兵衛の再度の頼みを拒んだ侍は、酒に酔った眼で『いかず連』の面々を見ると、薄笑いを浮かべた。

「庄七郎《しょうしちろう》、ここにいる女たちの方が若いうえに上玉だな」

そういうと、連れてきた年増《としま》の帯を摑んでいた手を放し、廊下へと押しやった。

「なんだよ」

年増女は金切り声を上げた。

「お前たちは用済みだとさ。とっとと出ていけ」

眼の下に黒子《ほくろ》のある庄七郎と呼ばれた侍は、鶏でも追うように、ほかの二人の女を廊下へ追いやる。

「せっかく来てやったのに、なんだよ」

「無駄足踏ませやがって、取り決めていた金はどうなるんだ」

女たちは怒りの声をぶつけたが、

「美味《うま》いものを食わせたうえに、酒も飲ませてやったじゃないか」

肩幅の広い細身の侍が、足蹴《あしげ》をする真似をみせると、女たちは足音を立てて駆け去った。

「さぁ、みんな、ここで飲み直そうではないか」

お店者から丹二郎と呼ばれた侍が、『いかず連』の面々と向き合う形で胡坐をかいた。

連れの侍二人は丸腰だが、値の張りそうな袴《はかま》に朱漆《しゆうるし》塗《ぬ》りの脇差《わきざし》を差している丹二郎が一党の頭分のようだ。

二十そこそこと思しき丹二郎の面構えには、世の中を嘗《な》め切ったようなふてぶてしさがあった。

「誰も、お前さんを招き入れた覚えはないがねぇ」

六平太は穏やかな物言いをすると、盃に残っていた酒をくいっと飲み干した。

一瞬、六平太に何かを言いかけた丹二郎は、

「店の者は、この女どもと一夜を過ごす部屋に布団を敷け。庄七郎と慎太郎《しんたろう》は、男二人をつまみ出せ」

そういってふふと笑い、膳の徳利《とつくり》を摑んで口に流し込む。

『いかず連』の面々は腹が据わっているのか、酔って事情が呑み込めないのか、こんな事態になっても、誰一人慌てふためくことがない。

「おい、この素浪人と男芸者を放《ほう》り出せっ」

丹二郎に命じられた二人の侍は、意を決して六平太と三治の襟首を摑もうと手を伸ばす。

その刹那《せつな》、庄七郎と呼ばれていた侍の足を摑んで畳に倒した六平太は、三治に摑みかかったもう一人の侍の背後に素早く体を寄せ、袴の腰当てのあたりを摑んで引き倒した。

「おのれぇっ」

目を吊り上げた丹二郎は腰の脇差を引き抜いて、膳の前に胡坐をかいた六平太に切っ先を向けた。

「丹二郎さん、これはいけません」

お店者はおろおろと訴えるが、丹二郎は聞く耳を持たない。

「浪人、その方おれを愚弄《ぐろう》するのか」

いうや否や、丹二郎は膳を蹴とばすと脇差を振り上げた。

六平太は咄嗟《とっさ》に、丹二郎の顔に盃の酒をひっかけた。

「おのれっ」

やみくもに振り下ろしたものの、目くらましが効いて、丹二郎の脇差は空を切った。

六平太はたたらを踏んで伸びきった丹二郎の腕を抱え込むと、立身流《たつみりゅう》の俰《やわら》の技を用い、畳の上に背中から投げ飛ばした。すぐに脇差をもぎ取ると、腰に残っていた鞘《さや》を引き抜いて納め、座敷の隅に放り投げた。

「旦那様、長助《ちようすけ》親分をお連れしました。こちらです」

声を張り上げながら現れた番頭には、土地の目明かしと下っ引きが続いていた。

「親分、こちらの方々が他所《よそ》のお座敷で無体なことを」

そういって、儀兵衛が指し示した侍三人を見た目明かしが、俄《にわか》に戸惑いを見せた。

「親分さん、こいつらをひっ括《くく》っておくれよ」

千賀が口を開くと、「そうだそうだ」と登世が続き、「深川には来させないようにするとかさぁ」とおしのが怒ったように片方の肩を高くした。

「町方の目明かし風情《ふぜい》が、武家を縛れるのかっ」

起き上がった丹二郎が、精一杯の虚勢を張った。

「おれだったら、永代寺や富岡八幡の門前町、近隣の町名主たちの総意として、寺社奉行に訴え出るがどうだ」

「なに」

六平太の話に、丹二郎の声が掠《かす》れた。

「こんなことをひけらかすのは、大木に寄りかかってるようで本意じゃないんだが、この際だから言わせてもらうがね。この眼の前にある富岡八幡宮は、幕府が貸してくれたこの地に建立されたお宮さんだ。そのお宮さんの門前で商いを続ける町人たちも、八幡様の氏子だ。そんな幕府にゆかりのこの土地で騒ぎを起こしたのなら、寺社奉行に下駄を預けることになるんじゃねぇかね。どうです、『村木屋』さん」

「え、えぇ、そうなりますかねぇ」

儀兵衛は困って、言葉を濁した。

「幕府にゆかりの土地で商いをする町人を困らせたとなれば、下手すると、そちらさんたちの家名に関《かか》わることになるかもしれねぇなぁ。どうだい、相棒」

六平太が三治に声を掛けると、

「あ、いや、そりゃなんですな、読売とかが嗅《か》ぎつけると、世間に知れ渡って大事《おおごと》になるかもしれませんよ」

三治は、六平太の脅しに加担した。

「ちょっと、あんたたち、名乗りなさいよ」

千賀が凄《すご》みを利かせると、丹二郎も連れの二人も慌てて顔を伏せる。

「親分さん、お武家をひっ括れないとすれば、連れのそのお店者だけでもしょっ引いちゃどうだね」

「どうか、それぱっかりはご勘弁願いとうございます」

六平太の提言に驚いたお店者は、畳に倒れ込んで這《は》いつくばり、

「こちらのお座敷の料理代席料などはすべてわたしどもが肩代わりさせてもらいますので、どうか」

鼻水を垂らしながら申し述べた。

「お生憎様《あいにく》。そんなものはいりませんから、わたしたちの前からとっとと姿を消しておしまいいなさいよ」

思いもよらず、登世が啖呵《たんか》を切った。

「覚えていろっ」

丹二郎は六平太に向かって毒づくと、連れの二人とともに廊下へと出て行った。

「どうか、どうか、穏便に」

お店者は、座敷の一同に、米搗《こめつ》きバッタのように頭を下げながら廊下に出て、若侍たちを追った。

「あぁあ、すっかり酔いが覚めたみたい」

一番年下のお仲が、欠伸を嚙《か》み殺した。

深川永代寺の時の鐘が五つを打ってから、四半刻ほどが経った。

材木商『飛驒屋』は静けさに包まれている。

永代寺門前町一帯から離れている木場は、繁華な賑やかさとは縁のない場所にあった。

昼間は木挽《こび》き職人や川並《かわなみ》、材木屋の人足たちで活気はあるが、夜ともなると、深川須崎《すさき》の海の音と犬猫の声ばかりが際立つ。

『飛騨屋』の中庭に面した座敷には、当主の山左衛門とおかね夫婦、それに登世、その向かいには六平太と三治が並んでいた。

銘々の前には煮しめや焼き魚などの載った小鉢や小皿の置かれた膳がある。

『村木屋』を出る時、お土産にと持たせてくれた折詰を取り分けたものである。

「さすがに『村木屋』さんだ、わたしの好きな濃い味つけだよ」

山左衛門は、里芋を満足げに口に入れる。

『村木屋』で飲食はしたものの、飛び込んできた侍たちとの悶着《もんちゃく》もあって小腹を空《す》かせていた六平太と三治に混じって、山左衛門まで折詰の料理を肴《さかな》に酒を酌み交わしていた。

「お仲ちゃんやお千賀ちゃんは一人で家に帰ったのかい」

「ううん。山本町のお仲ちゃんと門前仲町のおしのは、『村木屋』の番頭さんが送って行ったし、お千賀ちゃんは途中まで一緒」

登世がおかねの問いかけにそう返事をしたとおり、六平太たちは、お千賀を木場の島田町の家に送り届けた後、『飛騨屋』に向かったのである。

この夜、六平太と三治が『飛騨屋』に泊まることは、前々から決まっていたことだった。

『飛騨屋』と六平太とは五年以上にも及ぶ交流があった。

登世やおかねの付添いから始まった縁だが、仕事を抜きにしての付き合いも重ねてきた。季節ごとの様々な催事に招いてくれるし、木場の近くに来たからと言って顔を出すと、帰り際にはおかねが、煙草銭と言って一朱（約六千二百五十円）か二朱を手渡してくれるのだ。

以前、借金の返済に追われていた時分は大いに助かったものだが、借金のなくなった今、帰り際の〈煙草銭〉をもらうのは、いささか気が引ける。

「〈小酌密会〉の噂は、わたしも耳にしておりましたよ」

盃に口を付けた山左衛門が、ぽつりと洩らした。

大方は、旗本の倅どもが、出入りしている商人に接待を持ちかけ、女連れで深川や柳橋の船宿に押しかけるのだという。

「船宿はどこも、女との密会場所だと思っている無粋な連中が多すぎると言って、主は嘆いておりました」

「今夜『村木屋』で会った連中も、そういう奴《やつ》らでしたね」

渋い顔をして、三治が盃を呷《あお》った。

「三治さんの横の刀はなんです」

おかねが尋ねると、三治は、六平太との間に置いてあった脇差を持ち上げた。

「『村木屋』の座敷に乗り込んできた侍が引き抜いたのを、秋月さんがぶん取って、あたしが預かってここまで持ってきたんですよ」

「ほう。なかなかいい拵《こしら》えのようですな」

山左衛門が刀に眼を留めると、六平太は三治から脇差を受け取り、

「どうぞ」

と、山左衛門に差し出した。

「なるほど、朱漆の磯草塗で、柄は茶革の結び巻。少なくとも、貧乏旗本の倅の持ち物ではありませんな」

小さく笑った山左衛門は、軽く頭を下げて六平太の手に渡した。

「これを失《な》くして、向こうがどう出るか出ないのか、楽しみが出来ましたよ」

脇差を見て、六平太はふふと、鼻で笑った。


朝日を背中に受けた六平太と三治は、鳥越明神《とりごえみようじん》の方へのんびりと足を向けている。

昨夜、木場の『飛騨屋』に泊まった二人は、山左衛門が手配してくれた猪牙船に乗って、浅草御蔵前《おくらまえ》の鳥越橋の袂で降りたのだ。

『飛騨屋』で目覚めた後、普段は口に出来ないような朝餉を口にした二人は、軽やかな足取りで寿松院《じゅしょういん》門前を通り過ぎる。

鳥越橋から、浅草元鳥越の『市兵衛店』までは大した道のりではない。

六平太には『いかず連』から付添い料として一分（約二万五千円）、三治には座持ちの祝儀として二朱が手渡された。そのほかに、二人にはおかねから煙草銭として一朱ずつが渡されたことも、足取りを軽くしていた。

鳥越明神横の小路に入り込んだ二人は、道端に置かれた大八車を横目に通り過ぎると、『市兵衛店』の木戸を潜り、井戸端でぱたりと足を止めた。

伝八と孫七が、空き家だった家の中に茶簞笥《ちゃだんす》を運び入れようとしているのが眼に留まった。

「引っ越しは今日だったのか」

六平太が声を掛けると、

「昨日、急にそういう運びとなりましてね」

伝八が笑顔で頷いた。

「へへへ、そういう運びと荷物運びとを掛けたようで、なんだか、洒落《しゃれ》が効きますねえ」

「三治さん、そんなことをいう暇があったら、わたしと替わってくださいよ」

「はいよ」

三治は気安く返事すると、孫七に代わって茶箪笥を持ち、伝八と二人して家の中に運び入れた。

六平太も土間に足を踏み入れると、多津江とともに雑巾で板張りを拭《ふ》いていたお常が、

「朝帰りのお二人は、今でしたか」

と、六平太と三治に眼を向けた。

「何か手伝うようなことがあれば、どうか遠慮なく」

三治が、そう申し出ると、

「この茶箪笥でしまいですので」

伝八は頭を下げた。

すると、襷《たすき》を掛けていた多津江が土間の近くに膝を揃えて、

「お常さんも大家さんもありがとうございました。拭き掃除も大方済みましたし、置くところに物を置けば、あとは、わたしども夫婦でも楽に片づけられますので」

一同に頭を下げた。

「じゃあ、お言葉に甘えようかね」

そういうと、お常は自分の襷を外し、

「片付いたら、うちにお茶でも飲みにおいでなさいよ。近くの湯屋《ゆや》や青物屋なんかお教えしますから」

と、笑いかけた。

「いろいろとかたじけない」

土間に立ったままの伝八が頭を下げると、

「今後とも、よろしくお願いします」

多津江は、板張りで手を突いた。

四

二階の物干し台に上がった六平太は、竹竿に下げていた掻巻や薄縁を細い竹の棒で叩いている。

知らぬ間に溜《た》まっていた埃《ほこり》が、竹の棒に叩き出されると、風に流されて消えた。

朝のうちに干していたから、心持ち綿は膨らんだような気がする。

どこからか、小さな鐘の音が届き始めた。

浅草元鳥越は、時の鐘のある日本橋本石町《ほんごくちょう》、上野東叡山《とうえいざん》、浅草寺からはおよそ等分の場所にあるので、どこで撞《つ》かれた鐘かは、聞こえてくる方角から割り出すしかない。

「この鐘は、九つ（正午頃）でしょうか」

すぐ近くから、伝八の声がした。

洗濯物を容《い》れた桶《おけ》を抱えた伝八が、多津江を従えて隣りの物干し台に現れたばかりだった。

「多分、そんな刻限でしょうね」

六平太が返事をすると、伝八と多津江は桶から洗濯物を引っ張り出して竿に干し始めた。

妻女の多津江が洗濯屋から請け負っている着物類かもしれない。

「家は片付きましたか」

「おかげさまで」

多津江は、干す手を少し止めて、六平太に笑顔で会釈をした。

「これはさっきから、家に二階があるというだけで贅沢《ぜいたく》な思いがすると言ってますよ」

隣りで干し物をする多津江に眼を遣った伝八は、六平太に小さく笑いかけた。

「大川の流れは見えないものの、ここに立てば遠くまで見通せるというのは、贅沢でもあり、嬉しいじゃありませんか」

「うん」

多津江の喜びように、伝八は小さく頷いた。

「こんな町の広がりを眼にしたのは、江戸に来て初めてですね」

多津江が笑顔を向けると、

「あ、うん」

伝八は戸惑ったように返事をすると、干すのに専念した。

伝八は以前、生まれ在所は北国だと、六平太に大雑把な言い方をしていた。

江戸に来てどのくらいになるのかなど、聞きたいことはあったのだが、生国を口にしない伝八には尋ねにくくなっていた。江戸の道筋などをどれくらい熟知しているか、付添い稼業をするうえでは肝心なことだったのだが、それも聞かずじまいになっている。

生国も、どこのなんという家中に勤めていたのかも言いたくないようなので、六平太はあえて詮索《せんさく》しないことにしていた。

「ごめんくださいまし」

六平太の足元から男の声がしたので、

「誰を訪ねておいでだね」

手すりから身を乗り出して問いかけると、厠から姿を現した町人髷《まげ》の男がこちらを見上げた。

「これは、秋月様」

「お。お前さん、『村木屋』の番頭の」

「鶴吉《つるきち》でございます。昨夜は何かとお世話様でございました」

鶴吉は、路地のどぶ板の上に足を揃えると、物干し台に向かって丁寧に頭を下げた。

干していた掻巻と薄縁、それに長襦袢や褌などを二階の部屋に放り投げて、六平太は急ぎ階下へと降りた。

「中に入って待っていてくれ」

物干し台から指示した通り、鶴吉は土間に突っ立っていた。

「ま、掛けなよ」

六平太が促すと、鶴吉は土間の框に少し斜めに腰かけた。

「主の儀兵衛から、くれぐれもよろしくお伝えをと言いつかってまいりました。主は、改めてお礼をと申しております」

「そんなものはいいいんだよ」

「今日わたしが参りましたのは、先日のお礼とは別のことでございまして」

そう口にした鶴吉は、困惑したような様子で小さく頭を下げると、

「昨夜、『いかず連』の皆様のお席に押し入ったお侍と一緒だったお店者は、日本橋

通《とおり》二丁目新道《じんみち》の味噌《みそ》問屋『陸奥屋《むつや》』の跡継ぎだと分かったのでございます」

低めた声でそう告げた。

今朝早く、深川の『村木屋』に日本橋の『陸奥屋』の番頭が料理代を払いに来て、跡継ぎが招いた侍たちの所業を謝り、「なにとぞ穏便に」と頼み込んで帰って行ったのだと、鶴吉は打ち明けた。

「ところが、『陸奥屋』の番頭さんにはもう一つ用事があったんでございます。と申しますのは、昨夜のお侍の一人が、脇差を置いたまま帰ったらしいのですが、それが『村木屋』にあるなら、持ち帰りたいとのことだったのです」

「なるほど」

小さく口にすると、六平太は片手で頰を撫《な》でた。

「女中たちに聞いても、そのような脇差はどこにも落ちてなかったといいますから、『陸奥屋』の番頭さんが帰られた後、うちのお紋さんに聞いたところ、秋月様が、連れの噺家さんの帯に挿し込んでお帰りになったということでしたが」

そういうと、鶴吉は恐る恐る六平太に上目遣いをした。

「ちょっと待て」

腰を上げた六平太は、階段を一気に駆け上がった。

二階の押し入れに仕舞っていた朱漆塗の脇差を摑んだ六平太は、

「これのことだな」

階下に戻るとすぐ、鶴吉の前に丹二郎が腰に差していた脇差を突き出した。

「わたしがこれを『陸奥屋』さんにお届けに上がらなければなりませんので」

鶴吉が手を伸ばそうとすると、六平太はひょいと脇差を引いた。

「深川に戻る番頭さんに日本橋は回り道だ。『陸奥屋』になら、おれが行くよ」

「しかし」

「神田岩本町の口入れ屋『もみじ庵』に行かなきゃならない用があるんだ。『陸奥屋』にはそのついでだから気にしなくていいんだよ」

六平太が笑いかけると、釣られたように笑みを浮かべた鶴吉は、仕方なく頷いた。


秋の午後とはいえ、九段坂《くだんざか》の上りは少々きつい。

幾分傾きかけた西日が、坂を上る六平太の顔を真正面から射《さ》している。

刻限は八つ（二時頃）を少し過ぎた頃おいだろう。

田安《たやす》御門の先の三番町通へ向かい、その後、表六番町通《おもてろくばんちょうどおり》を目指していた。

立身《たつみ》流兵法の剣術を指南する、四谷《よつや》の相良《さがら》道場へ行くときはもっぱら外堀沿いの道を通るのだが、番町《ばんちょう》を通り抜けることもあったから、この辺りの道にも明るい。

六平太を訪ねてきた『村木屋』の鶴吉とは、一緒に『市兵衛店』を後にした。両国橋を渡って本所《ほんじょ》から深川に向かうという鶴吉を神田川の浅草御門で見送った後、六平太は『もみじ庵』には寄らず、味噌問屋の『陸奥屋』に向かったのである。

左の手に摑んだ刀袋は、途中の古道具屋で買い求めた安物だが、中には丹二郎の脇差が収まっている。

『陸奥屋』の土間に足を踏み入れると、強烈な味噌の匂いに包まれた。

土間の壁際に、しゃもじの突き刺さった味噌樽《だる》が並べられているものの、客の姿は案外少ない。

忙しく動き回る手代に、今朝、深川の『村木屋』に行った番頭に会いたいと取次ぎを頼むと、

「わたしですが」

板張りの帳場格子から立った、五十を越したと思しき番頭が、六平太の立つ土間の近くにやってきて、米助《よねすけ》と名乗った。

六平太は、『陸奥屋』の番頭が脇差を探していることを知った経緯を話し、刀袋から脇差を出して見せた。

そして、脇差に手を伸ばした米助に、脇差の持ち主には自分が届けると口にした。

「いえ。脇差はわたしどもからお届けすることになっておりますので」

「番頭さん。昨夜の『村木屋』の騒ぎじゃ、おれも迷惑を蒙《こうむ》った一人なんだ」

笑みを浮かべた六平太は穏やかな物言いをしたのだが、米助は戸惑ったように眼を泳がせた。

「あとになって、騒ぎを起こした覚えはないなどと白を切られちゃ適わねぇから、この脇差はおれが預かっていたんだよ」

米助は何か言いたげに口を動かしたが、声にはならなかった。

「脇差を料理屋に忘れたなんとか丹二郎って若侍が、『陸奥屋』さんが届けようとしている相手と同じかどうか、預かったおれも一応確かめたいんだ。届け先を教えてもらおうか」

と、笑みを浮かべた。

その笑みが不気味に映ったものか、

「表六番町通にお屋敷のある、四千六百石取りの旗本。寄合、永井主計頭《ながいかずえのかみ》様のご次男、丹二郎様の脇差です」

米助は渋々ながらも、白状したのだった。

表六番町通に足を進めた六平太は、辻《つじ》番所の老爺《ろうや》から聞いた屋敷の場所へと赴いた。

武家屋敷で占められる番町一帯にあっても、永井家の屋敷は一段と豪壮である。

物見窓を備えた長屋門、左右に延びる塀の規模から、敷地の広さは優に二千坪はありそうである。

扉の開いた長屋門から屋敷に足を踏み入れた六平太は、

「お頼み申し上げる」

式台近くに立って声を張り上げた。

式台の奥から現れた屋敷の若党に名乗った六平太は、永井丹二郎に忘れ物を届けに来たと告げて取次ぎを頼むと、

「暫《しば》しお待ちを」

若党は奥へ引っ込んだ。

いくら大身《たいしん》の旗本の倅とはいえ、町中の料理屋での乱行が世間に知れれば家名の恥となる。出来れば隠したい。

そのためには、乱行の場となった料理屋『村木屋』から話が洩れるのを避けようとするかもしれない。自分を畳に投げ飛ばした浪人の口をも塞《ふさ》ぎたいと、暴挙に出る恐れもあった。

昨夜、『いかず連』の座敷から引き上げる際に、

「覚えていろっ」

そう捨て台詞《ぜりふ》を吐いた丹二郎が、今後、意趣返しを目論《もくろ》むのなら、今のうちに乗り込んで、気勢を削《そ》いでおくつもりもあった。

建物の奥の方から何人かの足音が近づいて、丹二郎の他に二人の侍が式台に立った。

若党に暫し待てと言われていたが、かなり長い〈暫し〉だった。

「秋月六平太とは、お前だったか」

丹二郎は、小さく抑揚のない声を発した。

睨みつけている丹二郎の両脇に立って、険しい顔をしているのは、昨夜、『村木屋』で見かけた二人の若侍に違いなかった。

「眼の下に黒子のあるのが、たしか庄七郎さんとかいったね」

六平太が顔を指すと、

「高木、庄七郎だ」

仕方なさそうに名乗った。

「おれは、日置《ひおき》だ。日置慎太郎《しんたろう》」

まるで挑みかかるような口ぶりで名乗り、

「丹二郎様の忘れものとは、いったい何のことだっ」

細身ながら、衣紋掛《えもんか》けのように肩幅の広い慎太郎が、険しい顔を六平太に向けた。

「味噌問屋『陸奥屋』の番頭から、これを探しに来たと聞いたもんだからね」

六平太は刀袋を突き出した。

それを六平太の手から奪い取った庄七郎は、すぐさま丹二郎に袋ごと差し出す。

丹二郎は急ぎ刀袋の紐《ひも》を解くと、朱漆塗の脇差を取り出して、声さえ上げないものの、『あっ！』という口の形をした。

「な、なにゆえお前が」

厳しい声で口を開いた丹二郎は、途中で言葉を飲み込んだ。

「『陸奥屋』の番頭は、こちらさんに届けると言ったのだが、四谷の道場に行くついでがあるからと、おれが脇差運びを買って出たまでだよ」

六平太はそういうと、

「それじゃ、おれは」

ひょいと片手を上げて、ゆっくりと踵《きびす》を返した。

「脇差を届けに来ただけか」

六平太の背中に、丹二郎の声が突き刺さった。

足を止めて振り返ると、丹二郎の鋭い眼差《まなざ》しがあった。

「ほかになにか」

六平太の問いかけに、丹二郎ら三人は、どう対処したらよいのか戸惑いを見せている。

「礼金をせびりに来たのではないのか」

「うん。有り余ってるわけじゃないが、今の稼業で暮らしは立ってるから、余計な銭金はいらねぇな」

問いかけた丹二郎に真顔で返答すると、

「稼業とはなんだ」

「付添い屋でして」

六平太の答えに、丹二郎はじめ、ほかの二人も訝《いぶか》しそうな顔をした。

「外出をする婦女子や、足腰の弱った爺《じい》さん婆《ばあ》さんに危害が及ばないように付添うのが稼業だよ」

懇意にしている神田の口入れ屋は、買い物、芝居見物、花見に月見など、時節の行楽の付添いを求める人のために、六平太のような付添い屋を斡旋《あっせん》しているのだと説いて聞かせた。

「四谷の道場に行くついでと言ったが、それは剣術の道場か」

丹二郎の問いかけに、

「あぁそうだ」

と答えると、

「昨夜のような、女どもの付添いのために剣術の稽古《けいこ》をしているのか」

丹二郎は畳みかけてきた。

剣術を始めた謂《いわ》れを話すと長くなるので、六平太はあっさりと、

「そうだ」

と、頷いた。

その途端、丹二郎ら三人の顔に冷笑が浮かんだ。

「四谷の道場の流派はなんだ」

「立身流兵法の相良道場だが」

丹二郎に返事をすると、

「聞かんな」

「わたしも知りません」

慎太郎は丹二郎に同調し、庄七郎も首を捻《ひね》った。

「室町《むろまち》の頃に興った、いたって地味な流派でしてね。では」

悠然と笑みを浮かべた六平太が、手を上げて辞去しようとすると、

「急がないなら、当家の道場を見ていかぬか」

丹二郎から声が掛かった。

「ほう。こちらには道場がありますか」

六平太は思わず式台の奥に広がる敷地に眼を向けた。

二千坪ほどもある屋敷なら、道場があっても不思議ではない。

「どうする」

丹二郎に問いかけられた六平太は、

「ちと、覗いてみたいもんだな」

と、笑みを浮かべた。


六平太は、道場への案内に立った庄七郎の後に続いている。

丹二郎と慎太郎は、道場で待つと言って、式台から建物の奥へ向かった。

「当家の道場は、馬庭念流《まにわねん》だ」

庄七郎は、六平太の問いかけに素っ気なく答えると、式台のある母屋から塀に沿って左へと進み、屋敷の奥へと向かう。

立ち並ぶ蔵や様々な物置、家臣が寝起きする長屋などを通り過ぎ、庭の一角にある、武者窓の付いた細長い建物の前で、庄七郎は足を止めた。

出入り口のある縁には、母屋と繋《つな》がっている屋根付きの渡り廊下があった。

細長い建物が道場らしく、男の気合や床を踏む足音が武者窓の中から聞こえている。

「こちらへ」

促されて草履《ぞうり》を脱いだ六平太は、先に立った庄七郎に続いて道場内に足を踏み入れた。

中では五人の侍が袋竹刀を持って、打ち込みを続けたり、一人で幾つかの構えを執《しっ》拗《よう》に繰り返したりしている姿が見受けられたが、六平太の姿を見た途端、門人たちは動きを止めた。

神棚の祀られた見所近くにいた丹二郎と慎太郎の傍《そば》に近づくと、

「馬庭念流のことは知っているのか」

「元禄《げんろく》の頃、吉良《きら》邸に押し入った赤穂《あこう》浪士の堀部安兵衛《ほりべやすべえ》が、念流だと聞いている」

六平太の答えに、丹二郎は「ほう」というような口の形をし、

「立ち合ったことはあるのか」

そう問いかけてきた。

「それはないな」

「ならば、一手手合わせをしてみぬか」

丹二郎は、六平太にそう持ち掛けた。

「さぁて」

六平太が独り言のように声を出すと、

「他流とは立ち合わんのか」

と、丹二郎はいかにも無念そうに眉をしかめた。

「四谷の道場内では禁じられているが、一旦外に出れば、他流との手合わせに障りはないが」

「ならば是非っ」

にんまりと笑みを浮かべた丹二郎は、

「佐々木《ささき》、その方、この秋月殿とこの場で立ち合え」

先刻まで、打ち込みをしていた一人の若者にそう命じた。

「しかし、丹二郎様、師範の許しもなく他流の者と立ち合うのは如何《いかが》なものかと」

「黙れ。おれがやれと言っているんだ」

丹二郎の剣幕に、名指しされた佐々木は、声もなく頭を下げた。

「秋月殿、支度を」

六平太は丹二郎に促されると、腰の刀を刀掛けに置いて、袋竹刀を手にした。

「当道場では、立ち合いは木刀と決まっているが」

「木刀は、下手をしたら大怪我《おおけが》をするぞ」

六平太がそういうと、

「心配するな。客人に手荒なことはせぬよ。な、佐々木」

刀掛けから木刀を摑んだ佐々木は、丹二郎に向かって小さく頭を下げた。

六平太も木刀を摑むと、ゆっくりと床の真ん中に進み出て、佐々木と向き合う。

「はじめっ」

丹二郎の声で、六平太と佐々木は木刀を構える。

正眼に構えた六平太は、木刀の切っ先を佐々木に向けた。

それに対し、佐々木は前後に足幅を取り、両足の踵《かかと》を床に着けて八の字を踏んだ。木刀を右の下段に下げて、一見無防備に見せて相手を誘う、『無構』という念流の構えは、以前どこかで目にしたことがあった。

佐々木は、誘いに乗らない六平太に焦《じ》れたように、つつつっと足を動かして間合いを詰めてきた。じっと待っていた六平太は、下段に下げていた木刀を一気に上段に振り上げようとする佐々木の動きを読むと、一瞬早く、相手の木刀に己の木刀を上から叩きつけた。

佐々木の手から離れた木刀が、からからからと音を立てて道場の床を滑っていき、板の壁にぶつかって止まった。

手がしびれたらしく、佐々木は左の手首を右手で押さえている。

その成り行きを茫然《ぼうぜん》と見ていた丹二郎は、

「次は、高岡《たかおか》っ」

声を張り上げると、名を呼ばれた稽古着の侍は木刀を上段に振り上げるとすぐ、相手と向き合う儀式も忘れたのか、六平太に突進してきた。

相手が近づくのをぎりぎりまで待った六平太が、半歩動いて体を躱《かわ》すと、目標を失った木刀は空を切り、高岡と呼ばれた門人は、たたらを踏んだ末に武者窓近くの板壁に激突した。

「このざまはなんだっ」

いきなり、丹二郎の怒声が道場内に轟《とどろ》いた。

「当道場には、この程度の使い手しかおらんのかっ」

顔を真っ赤にした丹二郎は、壁際で動けなくなった高岡や、床に座り込んだままの佐々木だけではなく、庄七郎と慎太郎にまで怒りをぶつけた。

「次はこのおれが」

そう口にした慎太郎が木刀を摑んだ時、

「一体、何事かっ」

突然、野太い声が響き渡った。

出入り口から姿を現した総髪の羽織袴の男が、場内の有様に鋭い眼を向けながら近づいてきた。

「丹二郎様、これは一体」

「うちの道場の者が、名も知らん流派の浪人に、こうも無様に負けたんだぞ。師範として恥ずかしくはないのか、岩藤《いわふじ》っ」

岩藤と名指しされた師範は、丹二郎の面罵《めんば》に微かに眉をひそめたものの、大きな動揺は見せず、

「この立ち合いは、そこもとの申し出か」

頬骨の張った四十前後と思しき岩藤は、木刀を手にしたまま立っている六平太に鋭い眼を向けた。

「これは、たまたま、行きがかり上のことだ」

丹二郎は、六平太の発言に機先を制するように声を発した。

「さよう。まさに、行きがかり上こうなったまででして」

これ以上関わりたくなく、経緯《いきさつ》を誤魔化すことにした六平太は、木刀を刀掛けに戻すと、自分の刀を摑んで腰に差し、

「おれは野暮用があるのでここで」

誰にともなく会釈をすると、すたすたと道場の外に出た。

五

市《いち》ヶ谷《や》御門を通り抜けた六平太は、堀沿いの道に出たところで足を止めた。

さりげなく背後に眼を向けたが、付けてくる者の姿はない。

先刻、永井家の屋敷を出て、切通の方へ歩を進めた直後、長屋門の陰から六平太の動向を覗き見る幾つかの眼があることに気付いていた。

六平太が足を止めたのは、行先に迷ったからだ。

丹二郎には、四谷の道場に行くついでに立ち寄ったと言ったが、今から向かっても、昼の稽古はほどなく終わる時分である。

髪結いをしている情婦のおりきの住まう音羽《おとわ》に足を延ばす手もあるが、明後日には付添いの仕事が待っている。

明後日の早朝に音羽を出てもいいのだが、明日のうちに浅草元鳥越に戻って付添いに備えた方が、一日が楽である。

多くの知り合いのいる音羽に行って、たったの一晩だけで帰るというのは、いかにも慌ただしく、落ち着かぬ。

せめて三、四日居られればな——腹の中で舌打ちをした六平太は、浅草元鳥越に戻るべく、堀端の方へと足を向けた。

小伝馬町《こでんまちょう》の牢屋《ろう》敷脇の道を通り過ぎ、神田堀に架かる小橋を渡る時分には、辺りは黄昏《たそがれ》たように暗くなっていた。朝から晴れ渡っていた空は、昼を過ぎた時分から薄雲が広がり、亀戸《かめいど》を後にした八つ半（三時頃）には、一面、灰色の雲に占められていた。

大身の旗本、永井主計頭家の番町の屋敷を訪ねてから二日後、六平太は萩《はぎ》見物の家族の付添いで亀戸に行った帰りである。

付添ったのは、芝居町に近い、日本橋高砂町《たかさごちょう》の刃物屋の家族五人だった。

亀戸天神と、その近くの萩寺とも呼ばれる龍眼寺《りゅうげんじ》の萩を見物するというので、薬研《やげん》堀《ぼり》から乗り込んで大川を横切った屋根船は、南本所の竪川《たてかわ》に漕《こ》ぎ入れた。

亀戸天神は、季節ごとに咲く花を目当てに、多くの人出があって混雑を極めていた。

そういう行楽地には、掏摸《すり》やかっぱらいなど、よからぬ魂胆を持つ連中が獲物を狙って集まるので用心しなければならない。

ことに、亀戸天神の名物である太鼓橋は丸みを帯びていて、滑って転ぶ者も多い。

若い娘が滑って、つい着物の裾《すそ》を割ってしまい、あられもない姿を晒《さら》すのを、橋の袂で覗こうと陣取る鼻の下を伸ばした輩《やから》もかなりいた。

刃物屋の主人夫婦は、長女とその許嫁《いいなずけ》、次女と付添いの下女の身の安全を図るために付添い人を伴うことにしたという。

「わたしが、秋月さんを推挙しておきました」

口入れ屋『もみじ庵』の忠七が付添いの詳細を告げた時、恩着せがましい物言いをしたのを、六平太は覚えている。

龍眼寺の萩を見物した後、亀戸天神門前の料理屋に上がり、昼餉となった。

その時、酒を勧められたが、刃物屋の五人は誰も飲まないというので、六平太は遠慮することにした。

昼餉の後は亀戸天神に行って参拝をし、のんびりと秋の花の咲く境内を歩いている途中、日が翳《かげ》り始めたのだ。

今すぐ降り出しそうな様子ではなかったが、灰色の雲の出現は不気味だった。

刃物屋一行は、夕日に映える竪川を屋根船で通りたかったらしいのだが、それは諦《あきら》めることになった。門前の菓子屋で土産《みやげ》の葛餅《くずもち》を求めると、天神橋の袂に待たせていた屋根船に乗り込んで、急ぎ帰路に就いたのである。

ところが、船で乗り付けていた行楽の客たちが空模様に慌てふためき、一斉に帰路を急いだため、竪川へと通じる横十間川《よこじっけんがわ》は俄に混み合った。

やっとのことで大川に出て、薬研堀に屋根船を舫《もや》った時は、七つ半（五時頃）という頃おいだった。

雲に覆われて黄昏たような町を、六平太は刃物屋一家を引率でもするように先に立って高砂町に送り届けると、その足を神田岩本町の『もみじ庵』へと向けたのである。

「今日の付添い料は『もみじ庵』さんにお渡ししてあります」

刃物屋に送り届けたとき、主からそう聞いたので、『市兵衛店』に帰る途中、立ち寄ることにしたのだ。

高砂町から『もみじ庵』まで、大した道のりではなかった。

先刻より暗さの増した道に、『もみじ庵』の中から明かりがこぼれていた。

「今帰ったよ」

背中に菅笠を背負った六平太が、暖簾を割って土間に入り込むと、框に腰掛けて湯《ゆ》呑《のみ》を口に運びかけていた平尾伝八の手が止まった。

「あ、お帰りなさい」

伝八は、口を付けずに湯呑を脇に置いた。

「おお、今でしたか」

奥から現れた主人の忠七が、手にしてきた鉄瓶を火鉢に掛けた。

「秋月さん、今日はどちらへ」

「亀戸の方に、萩見物の付添いですよ」

伝八に返事をすると、六平太は框に腰を掛けて体を捻り、

「刃物屋の主人が、今日の付添い料は『もみじ庵』に預けてあると言ってましたがね」

帳場の忠七に催促がましい物言いをした。

「お、そうそう。うっかりしてました」

忠七はそういうと、金入れ箱から摘まみ取った一朱銀を二つ、六平太の目の前に置いた。

「確かに」

二朱を受け取った六平太は土間に立つと、付添い料を袂に落とす。

「おれはこのまま『市兵衛店』に帰るが、平尾さんはどうなさるね」

「わたしも、仕事が終わって引き上げるところでしたので、ご一緒に」

伝八は土間に立つとすぐ、板張りに置いていた刀を帯に差し、

「では忠七さん、これで」

律義に声を掛けると、六平太と並んで表へと出た。

日暮れたような道に、近隣の家や小店の明かりが洩れ出ていた。

二人はなにも言わず、足を神田川に向けた。

新《あたら》シ橋《ばし》を渡って、武家地を通り抜けて浅草元鳥越を目指す道筋である。

「平尾さんは、『市兵衛店』に戻ったら夕餉ですか」

「は。大体の帰る刻限は言っておきましたから、作ってくれていると思います」

「なるほど」

「秋月さん、夕餉は」

「湯屋に行った帰りに、近くの居酒屋に寄るつもりです」

「もしなんでしたら、うちでお食べになりませんか。一人分くらい何とかなると思いますが」

「いやいや、お気遣いなく」

笑って片手を打ち振った六平太には、浅草御蔵前、森田町《もりたちょう》の『よもぎ湯』の帰りに、寿松院門前の居酒屋『金時《きんとき》』に立ち寄る手立てが、確固として出来上がっていた。

「今日の仕事は付添いだったんですか」

六平太が問いかけると、

「はぁ。芝《しば》のお寺に墓参りに行くという老夫婦のお供と、踊りの稽古に出かけた娘さんを迎えに行く仕事でしたが、無事送り届けたところでした」

伝八は、笑みを浮かべた。

「それで実は、以前質入れしたと申していた刀を、二日前に請け出すことが出来まして」

少し畏《かしこ》まった顔をして、伝八は腰に差している黒い塗りの剝《は》げた刀を軽く手で叩いて見せ、

「『もみじ庵』から仕事をもらえるようになって、幾分、暮らしも楽になって、妻も喜んでおります。これはすべて、秋月さんのおかげです」

そういうと、歩きながら頭を下げた。

大名屋敷の暗い脇道を抜けた六平太と伝八は、柳原通《やなぎわらどおり》の土手道に出ると右へと向かった。

その時、ふと、六平太は耳を澄ました。

背後から路面を蹴る足音がツツツッと幾つか近づいている。

「平尾さん、何があっても刀を抜いちゃいけませんよ」

抑えた声で鋭く口にした直後、布で顔を隠した袴姿の侍が五人、六平太と伝八を取り囲んで、刀を抜き放った。

大名屋敷の裏にあたる土手道に人けはなかった。

「物盗《ものと》りか」

身構えた六平太が声を発したが、覆面の侍たちから返事はない。

「おれを、秋月と知っての上か」

六平太がそう口にした刹那、

「トォ！」

摺《す》り足で迫った一人の侍が下段に構えた白刃を六平太の眼の前で斬《き》り上げた。

体を躱すと同時に、六平太は立身流兵法の『擁刀《ようとう》』という抜刀法で刀を引き抜き、下から斬り上げて伸びきった侍の腕に、峰を叩き入れた。

グギッ。骨の砕ける音がして、侍の手から離れた刀が飛び、神田川に落ちた。

「おのれぇ」

声を発した侍は、もう一人の侍と二人がかりで六平太に斬り込んだ。

足を引いて相手の切っ先を躱すと、たたらを踏んだ侍の背中に刀の峰を打ち込み、すぐに腰を落として、突っ込んできたもう一人の侍の太腿《ふともも》辺りに峰を叩き入れた。五人のうち二人は路上に倒れて痛みにもがき、六平太に腕を叩かれた者は、片腕をだらりと下げたまま両足で踏ん張っている。

無傷の二人は剣を構えてはいるものの、強張《こわば》ったまま動けないでいた。

「まだやるのか」

六平太の声に、剣を構えた二人はぴくりと足を引く。

「動けない二人を置いて逃げるなよ。放っておけば、誰かに身ぐるみ剝がれてしまうぜ」

そう言うと、刀を鞘に納め、

「引き上げますよ」

平尾を促して、六平太は新シ橋を渡り始めた。

「秋月さん、襲われる心当たりは」

「ありすぎますよ」

「え」

伝八は、小さく息を吞んだ。

「付添い稼業をしていると、思わぬところで恨みを買うこともありましてね」

「さようで」

伝八は、呟くような声を洩らした。

「この稼業を続けるなら、平尾さんには刀の腕を磨くようお勧めしますよ」

六平太は半分冗談のつもりで、明るく持ち掛けたのだが、

「はぁ」

伝八の声は重く、困ったように首を傾《かし》げると、後頭部を片手で撫でた。

侍たちの繰り出した太刀筋は、旗本の永井家の道場で見かけた馬庭念流に似ていた気もするが、判然とはしない。

橋を渡り切ったところで足を止めて対岸に眼を遣ると、柳原通から覆面の侍たちの姿は消え失《う》せていた。

「どうしました」

伝八に声を掛けられた六平太は、「いや」と返事をして、浅草元鳥越の方へと足を向けた。

第二話　付添い料・四十八文

一

九月一日は更衣《こうい》といい、単衣《ひとえ》から袷《あわせ》に衣替えをする日である。

しかし、月が替わった途端、はなはだしく陽気が変わるわけでもなく、秋月六平太《あきづきろっぺいた》が律義に衣替えをすることはなかった。

五つ（八時頃）を知らせる時の鐘が鳴り終わったのと同じくらいに、遅い朝餉《あさげ》を摂《と》っていた六平太は箱膳《はこぜん》に箸《はし》を置いた。

浅草元鳥越町《もととりごえちょう》にある『市兵衛店《いちべえだな》』の路地に朝日が射《さ》しこみ、その照り返しが六平太の家の中を明るくしている。

「さてと」

独り言を口にして腰を上げると、箱膳に載っている空の茶碗《ちゃわん》や箸や小皿などを流しに運び、桶《おけ》に突っ込む。

水を汲《く》もうと流しの脇《わき》の甕《かめ》の蓋《ふた》を取ると、底の方にわずかしかない。

手桶を摑《つか》んだ六平太は土間の草履《ぞうり》に足を通して、日の射す路地へ出た。

「あぁ、平尾《ひらお》さんでしたか」

井戸端に行くと、着物を洗っている平尾伝八《でんぱち》に気付いた。

「これは、おはようござる」

伝八は洗う手を止めて、律義に会釈をした。

「さっきから水の音が聞こえていたので、ご妻女だろうと思ってましたよ」

「妻はさっき、洗濯屋に届けに出かけたものですから」

伝八は照れたような笑みを浮かべた。

「洗濯を頼まれましたか」

「いやいや。うちの妻が洗い物をしろと言うことはないのですが、暇なときはこうして手伝っておりまして」

平然と口にした伝八は、洗濯板で法被《はっぴ》を揉《も》み洗いした。

六平太が、井戸水を手桶一杯にした時、駆けて来る小さな足音が聞こえた。

「おじちゃん、来たよ」

木戸を潜《くぐ》って現れたのは、今年九つになるおきみである。

すぐあとに、三つになる勝太郎《かつたろう》も駆け込んできた。

「おうおう、どうしたんだよ」

六平太が伝法な口を利くと、

「おっ母《か》さんも一緒だよ」

返事をした勝太郎は、六平太の袖《そで》に摑まった。

「ほら来た」

おきみが、大きな風呂敷《ふろしき》の包みを抱えて木戸を潜る佐和《さわ》を指さした。

「そんなもん持って、何ごとだよ」

問いかけた六平太の前に足を止めた佐和は、ふう、とひとつ息を吐いた。

「ええと、こちらは」

洗い物を中断した伝八が、腰を上げたので、

「これは、浅草に嫁いでる妹でして」

六平太は、佐和を指し示し、

「こちら、つい最近おれの隣りに住まわれた、平尾伝八殿だ」

と、両者を引き合わせた。

「佐和と申します」

「それがしは平尾と申しますが、妻はあいにく他行中でして」

伝八は丁寧に腰を折った。

「聞き覚えのある声がしたから、縫物の手を止めて出てきたよ」

下駄をつっかけたお常《つね》が、井戸に一番近い家から飛び出してきた。

「お常さんお久しぶり」

佐和が挨拶《あいさつ》すると、

「おきみちゃんも勝太郎坊もお揃《そろ》いで、今日は何ごとだよ」

お常は、子供二人を見て目尻を下げた。

「しばらく、兄のところに厄介《やっかい》にならなきゃいけなくなりまして」

「わたしと勝ちゃんも」

おきみは佐和の言葉に続けた。

「ちょっと待て。ここじゃなんだ、話はうちで聞こう」

六平太は慌てて手桶を持つと、佐和母子《おやこ》をまるで追い立てるようにして家の中に押し入れた。


「ここに厄介にって、どういうことだ」

手桶の水を甕に注ぎ込むのを後回しにした六平太は、風呂敷の包みを解《ほど》きにかかった佐和の前にどんと座り込んだ。

おきみと勝太郎は、家に入るなり二階に駆け上がっている。

「音吉《おときち》に追い出されでもしたのか」

六平太は、努めて冷静に、佐和の亭主の名を出した。

「聖天町《しょうでんちょう》の家を出て、兄上の所に行っててくれと音吉さんに言われたんです」

「いったい、なにがあった」

穏やかになろうとするあまり、六平太の声は少し掠《かす》れた。

「実はね」

佐和はそう切り出すと、思いもよらない事情を明らかにした。

三日前の夜、遊興の場として名高い浅草寺境内《せんそうじけいだい》の奥山で、浅草の町火消、十番組『り』組の火消人足と、お茶の水の旗本家お抱えの定火消《じょうびけし》人足の間で諍《いさか》いが起こり、喧嘩《けんか》騒ぎになって双方に怪我人《けがにん》が出たという。

音吉が纏持《まといも》ちを務める浅草十番組『ち』組の人足は関《かか》わっていなかったものの、十番組を構成する『と』組から『ち』『り』『ぬ』『る』『を』までの六組が一つになって、相手方と収拾に向けて話し合いを持つことになった。

その結果、十番組の仲裁役三人の一人に、音吉がなったというのだ。

「それであちらこちら飛び回らなければならないし、火消し同士の話し合いがまとまらずに荒れたら、何が起こるかも分からないから、当分、兄上のところに行ってくれというのが、音吉さんの言い分なの」

「そういうことか」

息を詰めて話を聞いていた六平太は、はぁとため息をついた。

「本来なら、自分も一緒に行ってお願いすべきだけど、十番組の鳶頭《とびがしら》のみなさんの言い分を聞いたり、相手方と話し合いの日時をすり合わせたりして駆け回ることになってるから、義兄《にい》さんにはいずれ挨拶に伺うと言ってたわ」

「いや、事情はよく分かった。そうと分かったら、こっちもひと安心だ。片が付くまでいればいいさ」

「兄上、お世話になります」

佐和は、手を突いた。

「他人行儀はよせよぉ」

笑顔になった六平太は、片手を横に大きく打ち振った。

そこへ、おきみと勝太郎が階段を降りてきた。

「おっ母さん、わたしたちは、どこで寝るの」

「お前たちは、どこがいいんだ」

六平太が、佐和に成り代わって尋ねると、

「二階」

間髪を容《い》れず、おきみの答えが返ってきた。

「二階」

勝太郎までそういう。

「それじゃ、お前たちは二階だ」

「はい」

おきみと勝太郎は、声を揃えて大きく頷《うなず》いた。

母子に階下で寝られると、夜遅く帰るときに気を遣うことになる。

酒に酔ってでもいたら、暗がりに用心もしなければならない。

二階で寝るという子供二人の望みは、六平太には幸いだった。

「それで兄上、今日はどこかへ出かけるご用などはおありですか」

「お前たちが来ると分かっていれば別の日にしたが、昼間、深川に行かなきゃならんのだ」

「付添いですか」

「いや、そうではない」

六平太は正直に答えた。

先月の二十五日、木場《きば》の材木商『飛驒屋《ひだや》』の娘、登世《とせ》が主宰する『いかず連《れん》』の集まりが深川の料理屋『村木屋《むらきや》』で開かれた。その時、付添いとして同席していた六平太が、座敷に乗り込んできた旗本の小倅《こせがれ》三人を痛い目に遭わせて懲らしめたのだ。

その『村木屋』というのは、『いかず連』の一員であるお紋《もん》の生家であり、後日、父親である主《あるじ》の儀兵衛《ぎへえ》に「いつかお礼を」と誘われた六平太が、

「昼餉を共にするくらいなら」

と、招きに応じたのが、この日だった。

そんな事情を大まかに話すと、

「わたしは、夕餉の買い物や、いろいろすることがありますから、兄上はどうぞごゆっくり」

佐和は屈託のない笑みを六平太に向けた。


料理屋『村木屋』は、富岡八幡宮《とみおかはちまんぐう》の二ノ鳥居近くの永代寺《えいたいじ》門前町にある。

出入り口の土間に立った六平太が女中に来意を述べると、

「これは秋月様、お待ち申しておりました」

帳場から現れた番頭の鶴吉《つるきち》が、上り口に膝《ひざ》を揃えた。

「わたくしがご案内しますので、おあがりください」

促されて土間を上がった六平太は、先に立つ鶴吉に続いた。

階段を上がると、廊下の奥の部屋に通された。

八畳ほどの広さの部屋は、締め切られた障子で輝く陽光に満ちている。

「秋月様はそちらに」

鶴吉に上座を示されて一瞬ためらったが、勧められるまま座に就いた。

「少しお待ちを」

鶴吉は、そう言い置いて部屋を出て行った。

六平太は、腰を上げると窓辺の障子を引き開けた。

隣家の屋根の向こうに、午後の日を浴びている深川沖が遠くに望めた。

「失礼します」

声がして障子が開くと、儀兵衛に続いてお紋も部屋に入り、窓辺に腰を下ろした六平太に向かって二人は手を突いた。

「先夜の騒ぎに際して、秋月様には何かとお力添えを賜り、改めて御礼申し上げます」

儀兵衛が首《こうべ》を垂れると、お紋も父親に倣《なら》った。

「秋月様は付添い稼業をしておいでだそうで、腕も立ち、その道では評判のお方だということを、ここに居ります娘から聞きまして、なるほどと感心していたところでございます」

儀兵衛はそういうと、軽く頭を下げた。

「お膳をお持ちしました」

廊下から女の声がかかるとすぐ、膳を持った二人の女中が入ってきて、上座にひとつ、その向かいにもうひとつの膳を置くと、いそいそと部屋を出て行った。

膳が置かれると、窓辺にいた六平太は上座に着き、儀兵衛とお紋はその向かいに並んで膝を揃える。

「あの時暴れ込んだ若侍は旗本の小倅どもだと分かりましたが、その後、向こうから理不尽な言いがかりを向けられるようなことはありませんか」

六平太の問いかけに、儀兵衛は首を横に振った。

家柄や石高の高低を鼻にかける若侍というものは、その鼻をへし折られると意趣返しに執念を燃やしやすいのだが、今までのところ、永井丹二郎《ながいたんじろう》はおとなしくしているようだ。

「お父《と》っつぁん、ここはもういいから」

お紋が急《せ》かすように声を掛けると、

「わたしは店のことがございますので、ここで失礼させていただきます」

儀兵衛は六平太に頭を下げると、軽く腰を折ったまま部屋を出て行った。

「さ、秋月様、箸を取ってくださいまし。それとも、お酒になさいますか」

お紋は、膳に載っていた徳利《とつくり》を軽く摘まみ上げる。

「いや、このあとも、ちと用事があるのでな」

「もしかして、木場の登世のところへ？」

「いえいえ」

思いがけないことを尋ねられた六平太は、慌てて片手を打ち振ると、その手を箸に伸ばした。

お紋も箸を手にして、お椀《わん》に口をつける。

「秋月様は、登世の付添いをしてどのくらいなのですか」

「おれは、登世さんのというより、おふくろ様のおかねさんの付添いもしているから、『飛驒屋』さんの付添いのようなもんだよ」

「それで、何年？」

「かれこれ、五年かねぇ」

「長いのね」

そう呟《つぶや》いたお紋が、小さくふうと息を吐いた。

その様子に気付かないふりをして、六平太はしきりに昼餉に専念する。

「正直に言いますとね、わたし、『いかず連』には加わりたくないんですよ」

「ほう」

六平太は、軽く受け流すことにした。

「だって、嫁に行きたくないわけじゃないんだもの。行きたいのに、行けない定めが憎いんです」

お紋の口からそんな言葉が吐き出され、六平太は思わず箸を止めた。

「わたしの生まれ年が、男との縁を阻んでいるの」

さらに吐き出すと、お紋は口に運んだ大根の漬物をガリッと音を立てて嚙《か》み切った。

お紋は、文化《ぶんか》九年（一八一二）生まれの二十二で、『飛騨屋』の登世の一つ上だった。

その年は壬申《じんしん》の年で、異国船が来航したり、関東に地震が頻発したりして、江戸も諸国も混乱したのだという。

「わたしが見てもらった霊岸島《れいがんじま》の占い師によれば、その年に生まれた女は祟《たた》りを呼び込むらしいんです。男との縁も薄く、誰かに縁付くことは難しいということでした。でも、そんなものにわたしは負けまいと、悲しい顔を懸命に前に向け、生涯独り身を通す覚悟で、『いかず連』に入ることにしたんです」

音を立てて箸を置くと、お紋は背筋を伸ばした。

「ところがね」

声をひそめたお紋は、膝《ひざ》を滑らせるようにして六平太に近づいてきた。

「別の女占い師にも見てもらったら、壬申の年生まれの女の抱える祟りは祓《はら》えるというの。男の精気を体に注ぎこむのが一番だというのです。秋月様、わたしの祟りを祓ってくださるようなお人に心当たりはございませんか」

　やや横座りになったお紋は、下から見上げると同時に、片手を六平太の太腿《ふともも》に載せた。

「さぁ、祟りを祓えるような甲斐性《かいしょう》のある男は、おれの周りにはあいにくいませんねぇ」

　箸を置くと、六平太は思案でもするように胸の前で両腕を組んだ。

「もう」

　そういうと、お紋は六平太の腿を思い切りつねった。

「そうだ。そろそろ浅草に向かわなきゃならない時分だったよ」

　組んでいた腕を解くと、六平太はいきなり腰を上げ、

「火消しをしている義理の弟が面倒に巻き込まれたもんだから、その様子を見に行かなきゃならなくてねぇ」

　全くの出鱈目《でたらめ》ではない口実を見つけた六平太の声は、弾んでいる。

「それが済んだら、暗くなってからでも構いませんから、ここへ戻ってきて相談に乗っていただけませんかねぇ」

「いやぁ、向こうが、今日のうちにすんなり片付けばいいが。祟りのお祓いの件は、またいずれということにしましょうや」

そういうと、六平太は片手を軽く上げて、廊下の障子を引き開けた。

二

中天からの日射《ひざ》しを浴びていたが、夏ほどの暑さはなかった。

被《かぶ》っている菅笠《すげがさ》のせいもあったし、強くもない川風が心地よい。

六平太が乗ったひらた船は、大川を遡《さかのぼ》り、御厩河岸之渡《おんまやがしのわたし》近くを通り過ぎたところである。

大川の東岸を北に進み、中之郷《なかのごう》から大川橋を渡って浅草を目指すつもりだったのだが、深川永堀町《ながほりちょう》の南仙台河岸《みなみせんだいがし》に出たところで気が変わった。

お紋に言ったのは思いつきだったが『村木屋』を出た六平太は、馬場通《ばばどおり》に出た途端、義弟の音吉に本当に会いに行く気になった。

荷を積んだ船や空船が堀を行き来しているのを眼《め》にしたとたん、大川を遡上《そじょう》する船を見つけて便乗することにしたのだ。

河岸に立って何艘《そう》かの空船に声を掛けたが、いずれも霊岸島や佃島《つくだじま》方面に向かうという返事だった。

「中之郷への帰り船だ。乗っていきな」

四艘目の空船の老船頭から返事が来て、六平太は勇んで飛び乗ったのである。

焼いた瓦《かわら》を美濃加納《みのかのう》藩の下屋敷に運び入れて、中之郷に戻る船だった。

老船頭は、帰り船を大川橋に近い竹町之渡《たけちょうのわたし》に付けてくれた。

「とっつぁん助かったよ。これは酒代にしてくれ」

六平太が五十文（約千円）を握らせて岸に上がると、

「すまねぇな」

老船頭から声が掛かったが、六平太は軽く片手を上げただけで、先を急いだ。

音吉と佐和の家のある聖天町へは向かわず、馬道《うまみち》を目指した。

仲裁役の音吉は、おそらく浅草十番組『ち』組の親方の家に詰めていると思われるのだ。

浅草南馬道町にある親方の家の戸は開け放たれ、火消し半纏《ばんてん》を羽織って向こう鉢巻姿の人足数人が、戸口と土間の二手に分かれて警戒している様子が窺《うかが》えた。

六平太が戸口に近づくと、

「こりゃ、秋月様」

平人足の茂次《しげじ》が近づいてきて、「こちらへ」と六平太を土間へ導いた。

するとと、

「こりゃ義兄さん」

広い土間に鉤《かぎ》形に設《しつら》えられた板張りで、同僚と車座になっていた音吉が腰を上げると、土間の隅に六平太を誘った。

「佐和からは大まかなことしか聞いてなくてね。それでちょっと様子を伺いに来たんだよ」

框《かまち》に腰を掛けるとすぐ、六平太はすぐそばで胡坐《あぐら》をかいた音吉に小声で告げた。

「うちの親方は、十番組の親方たち、それに八番組『ほ』組の親方と浅草寺に集まって、善後策を練ってまして」

そういう音吉の眉間《みけん》には縦皺《たてじわ》が刻まれている。

「浅草の火消しが、奥山で定火消ともめたそうだな」

六平太が口を開くと、

「喧嘩のきっかけを聞いてみると、これが、大したことじゃねぇんですよ」

音吉は、ため息交じりに声を低めた。

浅草寺境内の奥山は、芝居小屋や見世物小屋をはじめ、女が色をひさぐことで賑《にぎ》わう楊弓場《ようきゆうば》や水茶屋も立ち並び、昼も夜も多くの男どもが押しかけていた。

土地の火消し、『り』組の若い人足が、顔なじみの茶汲み女が何人かの臥煙《がえん》たちにからかわれているのを見て、やめるように間に入ったことから、言い争いが起きたのだという。

臥煙というのは、江戸の十か所の火消屋敷に常駐している定火消人足のことである。彼らは平生、火消屋敷の臥煙部屋と呼ばれる大部屋で起居しており、夜の火事ともなると、枕《まくら》にしている丸太棒を叩《たた》かれて起こされ、火事場に駆け付けるという。多くの臥煙は気が荒く、全身に刺青《いれずみ》をして睨《にら》みを利かせ、民家を回って押し売りをするなど町の者たちに嫌われていたし、鳶《とび》と呼ばれる町火消の人足たちとも反目し続けているのだと音吉は語った。

「そういう経緯《いきさつ》があるもんだから、双方合わせて十人が殴り合いの喧嘩を始めたというわけです」

騒ぎを聞きつけ、音吉が纏持ちを務める『ち』組や『ぬ』組などから二十人近い人足が駆けつけて、その場の喧嘩を鎮めた。幸い刃傷沙汰《にんじょうざた》にならずに済んだが、棒で叩いたり、足蹴《あしげ》にしたりして、双方に怪我人が出た。

するとそこで、怪我の手当て、その後の見舞いをどうするかで激しいやり取りが交わされ、双方の対立はさらに溝を深くしたようだ。

「浅草寺の境内で騒ぎを起こされて、おれたち土地の火消しは、相手に頭を下げさせるまで一歩も引きさがるわけにはいかねぇ。向こうにしても、大身《たいしん》の旗本の定火消だっていう気負いもあるから、旗本家の名折れになるような真似《まね》は出来ねぇでしょうから強気に出る。それで、謝れ謝らないの応酬で、話し合いの場が今や修羅場になってますよ」

そういうと、音吉は大きく息を吐いた。

双方の対立の様子は、六平太もよく分かる。

武家同士の喧嘩にしても、意地と面目がぶつかって、引くに引けないところまで追い込まれた事例は、これまで何度となく目の当たりにしてきた。

同じように、漢気《おとこぎ》を看板にしている火消しとしても、先に引いては面目が立たない。相手が頭を下げるまで意地を通すしかないのだ。

享保三年（一七一八）に起きた、加賀前田《かがまえだ》家の鳶と仙石《せんごく》家の定火消の喧嘩は、火事場の消し口を巡る争いが発端だったが、仙石家側に死人が出るという騒動になった。

三十年ほど前、相撲取《すもうと》りと芝神明《しばしんめい》の火消し『め』組の間で起きた喧嘩は、周囲を巻き込む大騒動になった。

「そんなことが気になったもんですから、佐和と子供たちを義兄さんのところに逃がすことにしたんですよ」

音吉はそういうと、

「佐和たちの夜具は荷車に積んで、『ち』組の若い人足に持って行かせましたから、今時分は届いてるはずです」

とも付け加えた。

「分かった。佐和たちのことは心配しなくていいよ」

「こっちから挨拶に行くと言いながら、義兄さんにご足労かけちまって申しわけありません」

音吉は膝を揃えて改まると、六平太に頭を下げた。


日は大分西に傾いている。

義弟の音吉と会った後、馬道を後にした六平太は『市兵衛店』へと足を向けていた。

大川の西岸の浅草御蔵前通《おくらまえどおり》を南に下り、中之御門《なかのごもん》前で右に折れて、鳥越明神《とりごえみょうじん》の方へ向かっている。

菅笠を付けていた六平太の顔を正面から射していた西日も、あとわずかもすれば、本郷《ほんごう》や湯島《ゆしま》の台地に姿を沈めようかという頃《ころ》おいである。

鳥越明神脇《わき》の小路に入り込んだとたん、薪《まき》の煙に混じって魚を焼く匂いが漂ってきた。

『市兵衛店』や近隣の家々は、夕餉の支度に取り掛かっているようだ。

六平太が木戸を通り抜けるとすぐ、

「お帰り」

『市兵衛店』の井戸端から、お常の声が飛んできた。

井戸端には、里芋の泥を落としているお常や鰯《いわし》の腸《はらわた》を取っている佐和がおり、その横で多津江《たつえ》が青菜を洗っていた。

「こりゃ、みなさんお揃いで」

近づいた六平太が声を掛けると、

「秋月様、昼間、妹さんをお常さんに引き合わせてもらったんですよ」

手を動かしながら、多津江が小さく会釈した。

「兄上、多津江さんが請け負っておいでの洗濯屋の仕事は、わたしの仕事にも縁があるんです」

「え、佐和ちゃんの仕事と言えば、古着の仕立て直しだろう」

「そうよ」

お常の問いかけに、佐和は即座に返答した。

佐和は、音吉と所帯を持つ以前から、浅草田町《たまち》にある古着屋『山重《やましげ》』から仕立て直しを請け負っていた。

「『山重』さんが買い取った古着はね、一度洗濯屋に出して洗ってもらったものが、仕立て直しをするわたしや他のお針子に届けられてるのよ」

「なぁるほど」

お常は大げさな声を出した。

「そういえば、神田橋本町《はしもとちょう》にいた時分、古着屋さんから頼まれたものがあるということを、洗濯屋のご主人から聞いたことがありました」

多津江がそういうと、

「佐和ちゃんと多津江さんは、直《じか》に顔を合わせることはなかったものの、妙なところで縁がつながっていたということだねぇ」

お常が、珍しく芝居じみた物言いをすると、佐和と多津江は顔を見合わせて微笑《ほほえ》んだ。

六平太は、佐和と二人暮らしをしていた時分、その仕立て直しの腕には大いに助けられたことを思い出した。

今から十五年ほど前、信濃《しなの》国十河《そごう》藩の江戸屋敷で供番勤めをしていた六平太は、藩内を二分する政争に巻き込まれた末、謀反人《むほんにん》といういわれのない烙印《らくいん》を押されて、お家を追放されたのである。

そのことで実父は腹を切り、父の後添えに入っていた義母の多喜《たき》、その連れ子である佐和を伴っての町家住まいを強いられた。

当時、佐和は十だった。

二十二だった六平太は、多喜と佐和母子のことは顧みず、わが身に降りかかった禍《わざわい》から逃れるように酒と遊興に耽《ふけ》った。

ほどなくして義母が病死した。

その時、稼ぎのおぼつかない六平太に頼ることなく暮らしを支えたのが、佐和の仕立て直しの仕事だったのだ。

「おぉ、秋月さんはお帰りでしたか」

声を出したのは、木戸を潜って姿を現した大家の孫七《まごしち》だった。

「自身番の用は済んだのかい」

「おかげで今日も何事もなく済ませました」

孫七は安堵《あんど》の笑みを浮かべた。

町内の土地持ちや長屋の大家などは町役人を務めていて、月々交代で町の自身番に詰めることになっていた。人が足りないときは、町費で雇うこともあったが、孫七はいつも律義に役目を果たしている。

「そうそう。昼過ぎに、おきみと勝太郎を連れて市兵衛さんの所に挨拶に行ったんですよ」

佐和が孫七にそういうと、

「はい。そのことは、ほんの少し前、旦那《だんな》様から聞きました」

孫七が旦那様と口にしたのは、『市兵衛店』の家主の市兵衛のことである。

日本橋でお茶問屋を営んでいた市兵衛は、今は近くの福井町《ふくいちょう》で女房と二人暮らしをしている。その問屋で番頭を務めていた孫七は、市兵衛の隠居と同時に『市兵衛店』の大家に収まったのだが、いまだに当時の主従関係を引きずっているのだ。

「それで、旦那様が申されるには、平尾さん夫婦という新しい店子《たなこ》に入っていただいたし、久しぶりに佐和さんたちが来たことでもあるし、折を見て、みんなで顔合わせの宴《うたげ》でも催したらと、二朱（約一万二千五百円）も預かったんですよ」

そういうと、孫七は一同を窺うように見回した。

「へぇ。市兵衛さんも粋《いき》な計らいをするじゃないか」

お常がからかうような物言いをすると、

「佐和さん母子が会いに来てくれて、旦那様は嬉《うれ》しかったに違いないんだよ」

しみじみとした孫七の言葉に、

「ふぅん」

お常は、感じ入ったように低く唸《うな》った。

「秋月さん、宴会の段取りはどうしたもんでしょうね」

「こういうことは、三治《さんじ》に音頭を取ってもらった方がよさそうな気がするね」

六平太の意見に、孫七は「なるほど」と呟いて、大きく頷いた。

障子の開け放たれた二階の窓辺近くに、真上から日が射している。

ほどなく九つ（正午頃）という頃おいだろう。

「勝ちゃん、塵取《ちりと》りはもう少し寝かせないと芥《ごみ》は載らないよ」

おきみの声が路地から沸き上がった。

家の中の掃除を済ませたおきみと勝太郎は、路地の掃除に取り掛かっているようだ。

押し入れの行李《こうり》から出した紺色の着物を襦袢《じゆばん》の上から羽織った六平太の顔に、笑みが浮かんだ。

今朝の『市兵衛店』は、いつもとは様子が違っていた。

三軒長屋が二棟で、住人の数が少ないうえに、いつも早朝から仕事に出かけるのは大工の留吉と大道芸人の熊八《くまはち》くらいである。

よその長屋のように、朝夕の井戸端が混み合うということもなく、まして、子供の声が飛び交うことはほとんどなかった。

昨日から、佐和と二人の子供が六平太の家で寝起きすることになっただけなのに、活気のようなものが感じられる。

「どうだ、大川端で釣りでもするか」

六平太は、佐和母子と共に朝餉を摂っているときにそう提案したのだが、

「兄上、今日はみんなで掃除をしようと思います」

すぐさま、佐和に拒まれた。

佐和はさらに、陽気がいいので物干し台に掻巻《かいまき》などを干し、家の中やしばらく世話になる『市兵衛店』の稲荷《いなり》の祠《ほこら》、路地や厠《かわや》の掃除を、六平太も含めた四人でするのだと告げたのだ。

掃除を始めて半刻《はんとき》（約一時間）以上が経《た》った頃、

「出来ればすぐにでもお出《い》でいただきたいとのことでして」

『もみじ庵《あん》』の忠七《ちゆうしち》に頼まれたという使いの男が、六平太に言付けを伝えて立ち去った。

「ここはわたしたちがやりますから、兄上は『もみじ庵』に向かってください」

佐和にそう促されて身支度を整えた六平太は、帯を締め終えて階下に降りた。

刀を差し、菅笠を手にして路地に出ると、

「行ってくる」

どぶ掃除をしていた佐和と子供二人に声を掛けて、表の通りへと足を向けた。

六平太が鳥越明神近くに差し掛かった時、表通りから切れ込んできた二人の侍が、ぎくりと足を止めた。

菅笠の紐《ひも》を結びかけていた六平太は足を止めた。体を強張《こわば》らせて突っ立っているのは、旗本の倅、永井丹二郎と側臣の高木庄七郎《たかぎしようしちろう》だと気付いた。

「おれに用か」

六平太が口を開くと、返事に窮してもじもじしていた丹二郎は、

「長屋暮らしだそうだな」

甲高い声を発した。

「それがどうした」

六平太の問いかけに、丹二郎はまたしても返事に窮して、促すかのように庄七郎に眼《め》を遣《や》った。

「実は、永井家の家臣でもあり、道場にも通う若党が三人、二日前から勤めを休んでおります。なにごとかと調べたところ、腕の骨を折ったり、太腿や背中を痛めたりしていると判明したのです」

顔をひきつらせた庄七郎は、震えるような声を出した。

やはり――六平太は腹の中で呟いた。

「道場の師範代を務める日置慎太郎《ひおきしんたろう》に問い質《ただ》すと、なんと、その方に夜討ちを掛けた五人のうちの三人だというではないか」

そう声を荒らげたのは丹二郎である。

「慎太郎によれば、当家の門人がどこの馬の骨か知れぬような浪人者と立ち合い、ことごとく引けを取ったことに、師範の岩藤源太夫《いわふじげんだゆう》が殊の外憤慨したようだ。師範代の慎太郎は岩藤の心中を推し量って、その方への意趣返しを命じたと、やっとのことで

打ち明けた」

丹二郎は、裏の事情まで六平太に晒《さら》した。

「それであんたら二人がおれを斬《き》りに来たのか」

六平太の声音は咎《とが》めるような響きではなかった。だが、

「違うっ」

丹二郎は鋭い声を発した。

「頭を下げに来たのか」

六平太が半ばからかうような物言いをすると、丹二郎は怒りの籠《こも》った眼差《まなざ》しを向けた。

「その方が痛めつけた三人のうち、一人は片手が利かず、もう一人は杖《つえ》なしでは歩けず、背中を打たれた者は剣術の稽古もままならぬ。なぜ、生き恥を晒すようなことをした。いっそのこと、死なせてやるのが武士の情けとは思わんのかっ」

「おれは、武士じゃねぇよ。情け容赦なく、お家を追われた、ただの浪人だ」

六平太は、穏やかな物言いをした。

丹二郎はなにか言いたげにしたが、開きかけた口を強く結んだ。

「もとはと言えば、料理屋で暴れたそっちが播《ま》いた種じゃねぇか。それを棚に上げて、おれを誹《そし》るのは筋違いってもんだ」

六平太が、菅笠の紐を顎《あご》のところで結びながら表の通りへと歩を進めると、

「どこへ行く」

背後から、咎めるような丹二郎の声が届いた。

「口入れ屋に行って、仕事をもらうのよ」

背中を向けたまま返答して、六平太は足を速めた。

三

神田岩本町界隈《いわもとちょうかいわい》は様々なものを商う大小の商家が軒を並べている。

そのうえ、鉄を叩いたり木を削ったりする音を響かせる職人の家も多く、日本橋室町《むろまち》ほどではないが、朝から夕方まで人の行き交いがあった。

口入れ屋『もみじ庵』の戸口に立った六平太は、菅笠を外すと、暖簾《のれん》を割って土間に足を踏み入れた。

「お。案外早くお出でになりましたねぇ」

帳場で算盤《そろばん》を弾《はじ》いていた忠七が顔を上げると、六平太に向けた視線を、戸口の方に動かし、

「お連れですか」

と、問いかけた。

戸の開け放たれた戸口の外を、袴《はかま》の足が右往左往しているのが見える。

鳥越明神から六平太を付けてきた丹二郎が穿《は》いていた袴の柄だった。

神田川に架かる新《あたら》シ橋《ばし》の袂《たもと》で庄七郎を去らせた後、丹二郎が一人で付けていたことに六平太は気付いていた。

「知り合いだが、入れてもいいかね」

「どうぞ」

忠七の許しを得ると、六平太は暖簾を割った。

「中に入って口入れ屋がどんなものか、見てみなよ」

六平太が声を掛けると、一瞬戸惑った丹二郎は、小さく会釈をしてそろりと土間に入ってきた。

「忠七さん、この連れは居ないものとして仕事の話を進めてもらいたいね」

「分かりました。本人を連れてきますから、少しお待ちを」

帳場を立った忠七は、板張りの奥へと姿を消した。

「お大名にしろ、あんたの家のような大身の旗本家にしろ、日ごろから口入れ屋には世話になってるはずだぜ」

六平太がそういうと、丹二郎は何の飾りもない帳場周りを見回す。

大名や旗本の参勤交代や登城には、家格によって決められた規模の供揃《ともぞろ》えが必要とされている。だが、乗り物を担ぐ陸尺《ろくしやく》をはじめ、槍持《やりも》ち、挟《はさ》み箱持《ばこも》ちなど、普段は必要のない者たちを常雇いにしていると出費がかさむ。そのため、多くの武家は入用な時だけ口入れ屋から人を斡旋《あつせん》してもらうようになっていた。

「屋敷の中に、見覚えのない中間《ちゆうげん》がうろついてるはずだがね」

六平太の話に心当たりがあるのか、丹二郎は小さく頷いた。

「お待たせしました」

忠七が、年の頃、十四、五と思《おぼ》しき娘を伴って奥から現れると、並んで板張りに膝を揃えた。

「この、お千代《ちよ》という娘に桶川《おけがわ》まで付添ってもらいたいのですよ」

忠七がそう口にすると、お千代と呼ばれた娘は、六平太に向かってぎこちなく頭を下げた。

「武州《ぶしゆう》の桶川が、生まれ在所だというんです」

忠七の話によれば、お千代は三年前に江戸に来て、横山町《よこやまちよう》の木綿問屋に台所女中として住み込み奉公を始めたという。
三、四日前、桶川の母親からその奉公先に、病に臥《ふ》せっていた父親の容体がよくないという知らせが届いた。

「だろう」

忠七が声を掛けると、お千代はこくりと頷いた。

「どうしても父親の死に目に会いたいから、二、三日休みをもらいたいと頼んだらしいのだが、奉公先からは、駄目だというつれない返事があったそうですよ。それで、今朝早く、暗いうちに奉公先を無断で抜け出して、うちが戸を開けるのを外で待っていたというんです」

忠七が経緯を口にすると、お千代はまた小さく頷いた。

「どうして、この『もみじ庵』に頼む気になったんだい」

六平太が静かに問いかけると、

「古手の女中さんや、車曳《くるまひ》きのおじさんが、『もみじ庵』さんには、付添いをしてくれる人がいるらしいと話してるのを、聞いたことがあったので」

お千代の声は心細げだった。

「どうして付添い人がいるのかと聞いたら、帰り方が分からないというんですよ」

忠七がそう言い添えた。

「分からないというと」

六平太が不審を口にすると、

「桶川に迎えに来た世話人さんは、途中二度も、街道から離れた村に寄って、わたしと同い年くらいの娘を連れ出しました。それで、道中、連れになった女の子といろいろな話をしながら江戸に向かったので、道筋をよく覚えていません」

お千代は蚊の鳴くような声で事情を話した。

「秋月さん、いかがです。受けてくださいますか」

「桶川なら、行き帰り、二日か三日というところか」

六平太は独り言のように呟いた。

行ったことはないが、桶川が中山道板橋宿《なかせんどういたばし》の先にあることは知っている。

「付添い料は、一日二朱の相場通りでいいのだな」

六平太が忠七に尋ねると、眼を丸くしたお千代が息を呑んで顔を伏せた。

その様子に不審を覚えた六平太が、

「忠七さん」

と、声を掛けた。

「二日にしろ三日になるにしろ、こちらさんは、有り金を投げ出すと言いますので、その全額をわたしが預かっておりました」

忠七は真顔でそういうと、帳場の机の引き出しから取り出した紙包みを六平太の前に置いて、包みを開いた。

包みの中には、三十枚以上の穴あき銭があった。

「これが、この娘さんの有り金すべてです」

「い、い、いくらある」

あまりのことに、六平太は言葉を詰まらせた。

「四十八文（約九百六十円）です」

忠七が抑揚のない声を出すと、丹二郎の口から「えっ」と低い声が洩《も》れたものの、六平太は言葉を失っていた。

「これが、三年間コツコツ貯《た》めた、この子の有り金すべてです。断わりますか」

忠七の声に、六平太は板張りに置かれた四十八文に眼を向けた。

銭に向けた眼を、ゆっくりと上の方に動かすと、口を固く結んだお千代は顔を伏せ、継《つ》ぎ接《は》ぎの着物の膝のあたりを、両手でぎゅっと握りしめた。

「これから発《た》っても、途中で宿をとることになる。俺も一度、『市兵衛店』に戻りたいから、明日の早朝がいいんだが」

六平太が静かに口を開くと、

「分かりました。この子は今晩、『もみじ庵』で預かります」

忠七が頭を下げると、お千代は突然六平太に向かい、板張りに平伏した。

前髪のほつれた額を板張りにこすり付けたお千代の口元から、

「ううう」

泣き声ともうめき声とも分からない、くぐもった声が洩れた。

まるで路面を蹴《け》るように、六平太はぐいぐいと大股《おおまた》で歩いている。

口入れ屋『もみじ庵』を後にしたとたん、

「どうしてたったの四十八文で付添いを引き受けたのだ」

連れ立って出た丹二郎の口から飛び出す無遠慮な問いかけに、六平太は辟易《へきえき》していた。

六平太が足を速めても、丹二郎は意地になったように背後に続いている。

「さっき聞いた話だと、付添い料は一日二朱。二日がかりなら少なくとも一分（約二万五千円）は手に入るというのに、なにゆえ四十八文で引き受けたっ」

丹二郎の声を背中に浴びた六平太は、依然として返事をせず、大きな四つ辻《つじ》を北へと突っ切った。

「四十八文と言えば、夜鳴き蕎麦《そば》三杯分の値ではないか。たったそれだけの付添い料で桶川往復とは笑わせる。途中、茶店などで飲み食いする金はどうするんだ。宿代もいるんだぞ。なるほど、金欲しさに己を安売りしたのか。浪人とはいえ、腰に刀を差した漢《おとこ》なら、それなりに意地というものがあるだろう」

「そんなものはない」

六平太は、歩を緩めることなく声を発した。

「おれが傍にいたものだから、いいところを見せようなどと見栄《みえ》を張ったのだなっ」

「そうだ。お前を『もみじ庵』に引き入れたのが間違いのもとだった。お前さえいなければ、四十八文の仕事なんか、誰が引き受けるかっ」

六平太はつい、開き直ったような物言いをした。

町家を貫く小路を抜けた六平太は、神田川の南岸の柳原《やなぎわら》土手の道へと出た。

「そうかなるほど。安い付添い料で恩を売って、道中、あの娘の帯を解こうという魂胆だな」

背中に浴びせられた丹二郎の声に、六平太は足を止め、ゆっくりと振り向く。

「な、なんだ」

丹二郎は一瞬身構えたが、やがて挑むように胸を反った。

これまで、誹謗《ひぼう》中傷や罵詈《ばり》雑言《ぞうごん》などは数えきれないほど浴びせられて来た。六平太には、丹二郎の誇りなどどうということはない。

小さく鼻で笑った六平太は、

「番町《ばんちょう》に帰るには、この神田川に沿って、ひたすら西に行くことだ」

それだけいうと踵《きびす》を返し、土手の道を東へと急いだ。

耳を澄ましたが、丹二郎の足音が近づく気配はなかった。

板橋宿を南北に貫く中山道を行く六平太とお千代に、朝日が射した。

今朝の七つ（四時頃）時分に神田の『もみじ庵』を発ってから、一刻ほどが経っている。

六平太は鼠《ねずみ》色の袷に紺の袴を穿き、お千代は、『もみじ庵』の忠七が貸してくれた手甲脚絆《てっこうきゃはん》を着けてはいるが、荷物ひとつ持ってはいない。

日の出前に江戸を発った六平太とお千代は、ともに菅笠を背負っている。

昨日、『もみじ庵』でお千代の付添いを引き受けた六平太は、『市兵衛店』に戻るとすぐ、その旨を佐和に告げた。

「明朝、夜明け前に『もみじ庵』に向かう」

六平太は、お千代が『もみじ庵』に駆け込んだ経緯は省いたものの、父親の死に目に駆け付けようという十五の娘に付いて桶川にいくので、二、三日は家を空けることになるだろうとも、言い添えていた。

板橋宿の中ほどを横切る石神井川《しゃくじいがわ》に架かる板橋を渡ると、中山道は、岩ノ坂《いわさか》の方へ向かって上りになっていた。

「足は疲れないか」

六平太が問いかけると、

「疲れません」

お千代は首を小さく横に振った。そして、

「田舎では、遊び場は近くの山や野原でしたから」

と付け加えた。

「足は丈夫だと言いたいのか」

六平太は思わず問いかけた。

「はい。江戸に来てからも、台所の用事でいつも使い走りをしていますから」

そういうと、お千代は小さく頷く。

神田を出てから間もなくして、六平太はお千代の健脚ぶりに感心していたが、田舎で鍛えられた足は江戸の奉公先でもこき使われて、さらに磨きがかかったようだ。

『もみじ庵』を出たばかりの頃は、何を聞いても「はい」と「いいえ」しか口にしなかったお千代も、板橋に至って、やっと言葉らしい言葉を返すようになった。

「腹は空《す》かんか」

「いいえ」

「腹が空いたら、遠慮なく言うんだぞ。ここに食い物はあるからな」

六平太は、斜めに掛けた背中の荷物を指さすと、お千代は小さく素直に頷いた。

荷の中には、「道中、お食べください」と言って佐和が用意してくれたおむすびが二人分入っているのだ。

神田からすでに二里（約八キロメートル）くらいは歩いたはずだった。

江戸から桶川まで九里（約三十六キロメートル）と三十四町（約三千七百六メートル）というから、板橋からなら七里（約二十八キロメートル）余りである。

途中、休みを入れても、三刻半（約七時間）ほどで行きつける。

「この分だと、日のあるうちに桶川に着きそうだな」

「本当ですか」

お千代が眼を輝かせた。


灰色の雲に覆われた空に遠雷の音が低く轟《とどろ》いている。

稲妻が閃《ひらめ》くこともなく、先刻から、雷鳴だけが間をおいてどろどろと聞こえていた。

六平太とお千代が、中山道の桶川へ向かった翌日である。

本郷通《ほんごうどおり》から神田明神前の坂道を下り切ったところで、六平太とお千代は足を止めた。

空は、いつ降り出してもおかしくない様相だった。

いつもなら西日に照らされる筋違御門《すじかいごもん》近くの広小路はどんよりとして、人の行き交いも普段よりは少なく見える。

「とりあえず、浅草元鳥越のおれの家に行こう」

そう呟いた六平太が、藤堂和泉守《とうどういずみのかみ》家の屋敷の方へ足を向けると、お千代は黙って従った。

神田岩本町の『もみじ庵』にも浅草元鳥越の『市兵衛店』に向かうのも、道のりは大して変わらないのだが、『もみじ庵』に顔を出す前に、我が家で一息入れたくなっていた。

今朝早く、桶川を発ってからというもの、六平太とお千代は口数が少なかった。

桶川に着いた昨日、二人には思いもよらないことが待っており、お千代の生家から早々に飛び出すことになったのである。

鳥越川《とりごえがわ》に架かる甚内橋《じんないばし》を渡り、鳥越明神脇の小路を奥へ向かった六平太は、お千代を伴って『市兵衛店』の木戸を潜った。

路地の一番奥にある家の戸口に立った六平太は、勢いよく戸を開けて土間に足を踏み入れた。

「今帰ったぞ」

階下に人の影はなく、二階に向けて声を張り上げたが、誰の気配もなかった。

「ともかく、草鞋《わらじ》を脱いで上がるといい」

お千代に声を掛けると、六平太は一足早く土間を上がり、両足を投げ出して長火鉢の縁《へり》に背中を預けた。

土間に草鞋を脱いだお千代は、足の汚れを落とすと、六平太の近くで膝を揃えた。

「兄上」

土間に入ってきた佐和が、掠れた声を出し、

「もうお帰りでしたか」

と、お千代に眼を向けた。

「茶を一杯飲んでから『もみじ庵』に行こうと思ってな」

「でしたらすぐに」

佐和は、手に提げていた竹の籠《かご》を流しの近くに置いて土間を上がった。

「茶はもういいから、お前も座れよ」

六平太の声に応じて、佐和はお千代のそばに膝を揃えた。

「この子が、一昨日話をしたお千代さんだ」

佐和にお千代を引き合わせると、

「妹だよ」

六平太はお千代に、佐和を指し示した。

「子供たちは」

「大家の孫七さんに連れられて、市兵衛さんの家に行ってます」

佐和からそんな言葉が返ってきたが、六平太の口からは小さなため息が洩れた。

「お千代さんは、お父っつぁんに会うことが出来たの」

何か異変を感じ取ったのか、佐和はお千代に向かって静かに問いかけた。

お千代は何も言わず、首を小さく横に振る。

「家の中には父親のお骨と位牌《いはい》があったよ。俺たちが着く二日前に息を引き取ったそうだ」

六平太が、中山道桶川宿から半里ばかり奥に入った山間《やまあい》にあるお千代の生家に着いたのは、昨日の夕刻だった。

「それは、無念だったわね」

佐和が呟くと、お千代は小さく頭を下げた。

「そのあと、お千代は桶川に残って働くと言ったんだが、それにはおっ母さんがうんと言わなくてね」

六平太がそう切り出すと、

「江戸の奉公先に戻って来たんじゃなかったの」

佐和が不審の声を出した。

「許しもなく飛び出した奉公先には、二度と戻れないだろう。それどころか、口を利いた請け人が弁済を求められ、そのとばっちりが桶川の生家にまで及ぶこともあるから、それも気懸りだ」

お店《たな》の婦女子の付添いをしたことのある六平太は、商家の決まり事や慣習についても明るい。

桶川に残りたいと言い出したお千代に母親が首を縦に振らなかったわけは、弁済を恐れたのもその一つだが、

「お前が桶川で働いても、大して稼げるとは思えないよ。それよりも、大きく稼げる江戸に戻って働いておくれ。そして、お前の弟やわたしの暮らしを助けておくれ」

手を突いて懇願した母親には、畑仕事だけでは暮らしが立たない切実さがあった。

だが、江戸に戻っても、読み書き算盤や針仕事など手に職のある奉公人ならともかく、年端も行かない下男下女には、ある程度年月を重ねないと給金は払われない。

与えられるのは食事とお仕着せの着物、藪入《やぶい》りの時の小遣いくらいで、親元に仕送りが出来るようになるのは、かなり先のことだった。

六平太が、商家の慣習を母親に大まかに話すと、

「江戸には女一人でも、大きく稼ぐ手があると聞いてます」

母親は思い詰めた顔をして、掠れた声を六平太に向けた。

「桶川宿には飯盛《めしも》りを雇う旅籠《はたご》はあるけど、大した稼ぎにはならないようだ。それよりも、客筋のいい江戸の色街の方が、大きく稼げるんだ。ね、お千代。そうしておくれよ、ねっ」

半ば脅すように迫る母親にお千代は抗弁も出来ず、がっくりと項垂《うなだ》れて唇を嚙《か》むしかなかった。

飯盛りというのは、旅籠の仕事もしながら、金次第で男の泊まり客に色をひさぐ飯盛り女のことである。

「お千代さんは、おれが江戸に連れて帰るよ」

そう口にして、六平太はその場を立ち上がった。

「連れて行ってどうする気だっ」

母親は目を吊《つ》り上げた。

「仕事を見つけてやるよ。お千代さんには色街なんかじゃなく、堅い仕事をね」

そういって六平太が手を差し伸べると、お千代はその手を摑んで立ち上がった。

「お千代お前、江戸で稼いでもその浪人に金をわたすんじゃないよ。いいね」

母親の金切り声が、家を飛び出した六平太とお千代の背中に突き刺さった。

すっかり日の落ちた野道を、二人は宿へと急いだ。

「その夜は桶川宿の旅籠に泊まって、今朝の夜明け前に発って来たんだよ」

六平太が疲れ気味の声を出すと、佐和は小さく頷いたが、

「それで、お千代さんが逃げ出した奉公先でややこしいことは起きませんか」

不安そうな顔をした。

「あと腐れがないよう、横山町の木綿問屋はなんとかするよ」

佐和もお千代も顔を曇らせたが、六平太には成算はあった。

神田と日本橋の辺りを受け持つ目明かしの藤蔵《とうぞう》に事情を話し、一枚嚙んでもらうつもりだった。

「この先のことはどうするおつもりですか」

「これからお千代さんを『もみじ庵』に届けるよ」

六平太は佐和にそう言い、今後の奉公先探しにひと肌脱いでくれるよう頼むとも答えた。

忠七の他にも、いざとなれば音羽《おとわ》には町衆の人望を集める甚五郎《じんごろう》という頼りになる親方もいる。

「さて、行くか」

六平太が腰を上げると、お千代も立ち上がった。

「お千代さんは、おいくつ」

土間近くに膝を進めた佐和が尋ねると、

「十五です」

草鞋の紐を結びながらお千代は答えた。

「一緒ね」

「え」

お千代が低い声を洩らすと、佐和は笑って「知り合いと同い年だから」と答えた。

佐和が知り合いと言ったのは、甚五郎のもとで働く六平太の倅、穏蔵《おんぞう》のことに違いあるまい。

そのことについては口を挟まず、六平太は、戸口の外でお千代が出て来るのを待った。

四

傾いていた日は城の西方に沈んだばかりで、神田岩本町界隈は夕焼けに染まっている。

六平太は、口入れ屋『もみじ庵』の軒端《のきば》に下がった暖簾を割って表の通りに出た。

先刻、お千代を伴って『もみじ庵』に入った六平太は、桶川の生家での一件を忠七に打ち明けると同時に、住み込みの出来る奉公先を探してくれるよう頼み込んだ。

すると、忠七は嫌な顔一つせず引き受けてくれた。

時々、嫌味の棘《とげ》で人を刺すこともある親父《おやじ》だが、案外情に厚いということを、六平太はうすうす感じてはいた。

「さてと」

小さく声にした六平太が、人形町通《にんぎようちようどおり》の方へ足を向けたとき、

「あ、よかった。間に合った」

声を上げた三治が、藍染川《あいそめがわ》に架かる小橋を渡ってきた。

「佐和さんから、秋月さんは『もみじ庵』だと聞いたもんだから」

足を止めて、三治は両肩を大きく上下させた。

「なにごとだよ」

「こういうことは、一応秋月さんの了解をもらった方がいいかなと思いまして」

「というと」

「例の『いかず連』のお一人、料理屋『村木屋』の娘さんから、相談に乗ってもらいたいことがあるとお声が掛かったんですよ」

「ほう、お紋さんがね」

「昨日、堀留《ほりどめ》の寄席《よせ》に使いをよこしたくらいだから、『村木屋』の座敷で落語の会なんぞを開きたいとかいうことでしょうよ。とはいいましても、このわたしがお紋さんと面と向かって会っていいかどうか、ひとつ秋月さんに伺おうと思いまして」

「おれにお伺いを立てるこたぁねぇよ」

「だけどほら、秋月さんは『飛騨屋』の登世さんと並んで『いかず連』の肝いりのよ

うなお立場ですから」

三治は揉《も》み手《で》をした。

「好きにしなよ」

六平太が笑って了承すると、

「秋月さん、足が西の方に向いてましたが、これからどちらへ」

三治が、好奇の笑みを浮かべた。

「上白壁町《かみしらかべちょう》に行って、そのあと『飛騨屋』さんだよ」

六平太は正直に返答した。

いまさっき、『もみじ庵』からの帰り際、

「秋月様が『もみじ庵』に立ち寄ることがあれば、木場に足を延ばしていただくようお言付けをと、『飛騨屋』の登世さんから頼まれておりました」

忠七から聞かされていたのだ。

「三治、お前はこれからどこへ行くんだ」

「『市兵衛店』に戻ります」

「そしたら、おれは、上白壁町の目明かしに会ったあと木場に向かうと、佐和にそう言っておいてくれよ」

「分かりました」

そう返事をした三治に片手を上げると、六平太は藍染川に沿って西の方へと足を向けた。


深川沖のはるか向こうの海上に残照があった。

だが、海風に運ばれた潮の香の漂う木場一帯には黄昏《たそがれ》が迫っている。

材木商『飛騨屋』の脇道を塀に沿って奥に進んだ先に、家族や奥向きの奉公人が出入りする潜り戸がある。

六平太は、その潜り戸から入り込み、出入り口の近くに立っていた。

登世に呼ばれてきたと案内を乞《こ》うと、

「中でお待ちなさいよ」

応対に出た古手の女中のおきちに勧められたのだが、戸口で待つことにしたのだ。

家に上がると、長々と引き留められてしまう恐れがあった。

おきちが奥に消えてからほどなくして、下駄を履いた登世が出てきた。

「これから、どこかへお寄りになるんですか」

一角の植え込みの小枝に手を掛けた登世は、まるで挑みかかるような眼差しを向けた。

「昨日、付添いで桶川に行って、さっき戻ってきたばかりでしてね。湯屋《ゆや》に行ったら家でのんびりしようかと」

　六平太の返事になんの反応も見せなかった登世は、

「この前、『村木屋』に現れて昼餉を御馳走《ごちそう》になったそうですね」

　思いがけない話を切り出した。

「あぁ。『村木屋』の主人の儀兵衛さんが、騒ぎを起こした若侍どもを鎮めた礼をしたいというもんでね」

「それはいいんです」

　登世が六平太の口を封じると、

「それはいいんだけど、深川にまでお出でになって、秋月様はどうして、ほんの少し先のわたしの家にお寄りにならなかったのかって、ついこの前、おっ母さんがそんなことを口にしていたものですから」

　登世は母親のことを口にしたが、本当かどうか分からない。

　母親のおかねはいつものんびりとして、長閑《のどか》な春風のような人だから、人を謗ったり、恨みがましい物言いをするとは考えられない。

「おっ母さんがね、もしかして秋月様は、わたしたちをお嫌いになられたのかもしれないみたいなことを呟いて、寂しそうでした」

「そんなことはありませんよ」

思わず笑みを浮かべた六平太は、登世の言葉を穏やかな口ぶりで打ち消す。
すると、
「『村木屋』のお紋が、このところ、見かけない男の人と連れだって歩いてるってい
う噂《うわさ》が耳に入るんです。それは、もしかして、秋月様かしら」
登世が冷ややかな笑みを浮かべた。
「それは、おれじゃありませんね」
「さぁどうかしら。『村木屋』にまで来たのに、うちにはお寄りにならなかったこと
もありましたし」
冷ややかな声でそういうと、登世はぷいと顔をそむけた。
今日の呼び出しのわけが、六平太にはなんとなく飲み込めた。
「実はね、妹の佐和と二人の子供が難を避けて『市兵衛店』に押し掛けてきた日だっ
たんですよ」
六平太は咄嗟《とっさ》に口を開くと、義弟の音吉が、火消し同士の喧嘩の仲裁に駆り出され
た一件を大まかに語り、佐和母子が六平太の家に身を寄せることになった経緯を述べ
た。
「ですからあの日は、『村木屋』を出てすぐ、佐和の亭主に会いに浅草に行かなきゃ
ならなかったんですよ」

重苦しい顔で話を結んだ。

「あぁ」

と、小さな声を出した登世は、得心したように頷いた。

「本当なら今日もゆっくりしたいのですが、佐和と子供たちが『市兵衛店』でおれの帰りを待っているもんですから」

六平太が照れたように、片手を頭に遣ると、

「だったら、すぐに帰って差し上げなさいまし」

あわてて、登世が急かした。

「ではまた」

慌ただしく辞去の挨拶を口にすると、急ぎ、塀の潜り戸から脇道へと出た。

深川入船町《いりふねちょう》を南北に貫く二十間川《にじっけんがわ》の両岸一帯は夜の帳《とばり》に包まれようとしていた。

二十間川に架かる汐見橋《しおみばし》を渡れば三十三間堂町《さんじゅうさんげんどうちょう》から永代寺門前町へと、明かりの灯《とも》る繁華な町があるのだが、川端の常夜灯の微《かす》かな明かりがあるだけで、材木置場近辺は人けもなく静まり返っている。

菅笠を被らず、二十間川東岸沿いの道を汐見橋へ向かっていた六平太が、ふっと足を緩めた。

積まれたり、立てかけられたりしている材木の陰から、袴を穿いた侍の影がゆっくりと現れ、六平太の行く手で足を止めた。

「おれに用か」

六平太は影に向かって低く投げかける。

影が、一、二歩前に出ると、薄明かりを受けた見覚えのある顔が浮かび上がった。

「お。永井主計頭家の道場の師範、たしか、岩藤殿」

「岩藤源太夫」

岩藤は、低く野太い声で名乗ると、

「わしがおぬしに会いに来たわけを聞かぬのか」

「わけはなんとなく察するが、おれの行先をどうやって知ったのか、それが不可解と言えば不可解だな」

「師範代の日置慎太郎から、おぬしがお屋敷に現れ、丹二郎様に脇差《わきざし》を返した一件を聞いた」

そう切り出した岩藤は、味噌《みそ》問屋『陸奥屋《むつや》』の番頭から、丹二郎らが深川の料理屋『村木屋』で起こした騒ぎを聞き、さらに『村木屋』の番頭の口から、脇差を届けたのは神田岩本町の口入れ屋から仕事をもらう浪人だということに辿《たど》り着いたと打ち明けた。

「先刻、『もみじ庵』におぬしの居場所を尋ねたら、木場に行っているはずだというので、このあたりで待っていた」

抑揚のない声でその経緯を述べた。

「何の用だ」

「さっき、わしが来たわけはなんとなく察したと申したではないか」

岩藤の野太い声に不気味な響きがあった。

「己の道場の門人を痛めつけられた腹いせだろうが、おれは降りかかった火の粉を払っただけだ。恨むのはとんだお門違いだろう」

「門人五人が、たった一人の浪人に不覚を取ったことは、わしの恥だ。それが世間に知れるのは耐え難い」

「言いふらすつもりはないが、それも、そっちの出方次第だ」

「出方とは」

「負けたことをいつまでも根に持たず、今後一切、おれに近づかねぇことだよ。そのことは、丹二郎さんにもよく言っておけ」

「丹二郎様までがおぬしに近づかれたというのかっ」

岩藤が初めて声を張り上げ、困惑した感情を露《あら》わにした。

「なにかいろいろ、文句を並べていたがね」

そう返答した六平太が小さく苦笑いを浮かべると、岩藤の顔つきが俄《にわか》に険しくなった。

「やはり、おぬしをこのままのさばらせるわけにはいかぬようだ」

片足をほんのわずか後ろに引くと、岩藤はいつでも刀を抜けるよう身構えた。

「いつ何時、丹二郎様の不行跡を吹聴《ふいちょう》し、さらに永井道場の恥をも触れ回るかも知れぬ。永井家の御《おん》ためにならぬと思われることは、今のうちにその芽を摘んでおかねば、禍根を残すことになる」

いうや否や、岩藤は刀を引き抜くと同時に、六平太の腰のあたりから肩へと斬り上げた。

一瞬早くその動きを読んだ六平太は、咄嗟に半歩後退《あとじさ》り、相手の切っ先を躱《かわ》した。

永井道場の門人たちの太刀筋とは比べ物にならない鋭さが、岩藤には備わっている。

刀を抜いた六平太が、岩藤の打ち込みを二度三度払うと、闇《やみ》を切裂く刀のぶつかる音と共に、火花が飛び散った。

間合いを取って対峙《たいじ》した時、二人が向け合う切っ先の上に黒いものがふわりと落ちた。

積まれた材木の陰から、町人と思しき男の影がゆっくりと現れ、

「どうか、ご両人、羽織を拾い上げますんで、刀を引いてくださいまし」

聞き覚えのある落ち着いた声を出した。

軽く腰を折った着流し姿の男の影は丸腰で、髷《まげ》の形から町人のように見える。

六平太が先に刀を引くと、仕方なさそうに岩藤も引いた。

男の影は二人に軽く会釈をして歩を進め、羽織を拾い上げると、砂でも落とすように手を動かした。

その時、微かに届いていた明かりに浮かんだ顔は、木場の材木商『飛驒屋』の主、山左衛門であった。

あ——六平太は思わず声を出しかけたが、

「なにも、斬り合いをおやめなさいという料簡《りょうけん》じゃございません」

山左衛門の声に、言葉を呑《の》んだ。

「ただ、川並《かわなみ》や鋸《のこぎり》職人ら、木場で働く連中の仕事場を血で汚されるのだけは、勘弁ならないのでございます」

「なにっ」

抜いたままの刀を手にしたまま、岩藤は山左衛門に鋭い眼を向けた。

「わたしがここで声を上げれば、血の気の多い木場の男どもが、あっという間に駆けつけますが、構いませんか」

いつものように穏やかな物言いながら、山左衛門の声には凄《すご》みがあった。

「それは困る」

いうや否や、六平太はすぐに刀を鞘《さや》に納める。

しばらく睨みを利かせていた岩藤は、チッと舌打ちをして鞘に刀を納めると踵を返し、大股で汐見橋を渡り始めた。

「秋月様、出しゃばった真似をしたでしょうか」

「なんの」

六平太は大きく片手を打ち振って笑みを浮かべた。

「実はわたし、『飛騨屋』さんに伺った帰りでして」

「わたしは、長引いた寄合の帰り道ですよ」

山左衛門も小さな笑みを浮かべた。

「おかね様と登世さんが心配するかもしれませんから、ここでのことはどうかご内密に」

六平太が改まると、

「承知しました」

笑顔で頷いた山左衛門は、「うちの者にお気遣いいただき恐れ入ります」とも口にして、軽く頭を下げた。

五

猫の鳴き声に驚いて、六平太は慌てて身を起こした。

見回すと、戸口の障子は西日を浴びていた。

昼餉の後、家の中の掃き掃除をし、その後、洗濯物の取り込みを済ませてごろりと横になってしまった。

佐和が、おきみと勝太郎を連れて浅草聖天町の家に着物などの替えを取りに出かけたすぐ後だった。そのまま転寝《うたたね》をしてしまったのだが、寝たのはほんの四半刻《しはんとき》（約三十分）ばかりである。

昨日、深川で岩藤源太夫と刀を向け合った後『市兵衛店』に戻った六平太は、

「市兵衛さんから勧めていただいていた、平尾様夫婦を囲んでの顔合わせの宴は、明日の夜、うちで開くことになりましたから」

佐和からそう告げられた。

住人一同が揃うのは、今日の夜だということが分かり、音頭取りの三治が決めたという。

さらに三治は、家々から料理を持ち込むのはやめ、市兵衛が出してくれた二朱を使

い、料理屋に仕出し弁当を人数分届けさせることにした。

宴の場所は、佐和が申し出て、秋月家になった。

「なんなら我が家で」

平尾伝八の妻女、多津江が気遣ったのだが、

「子供二人が眠くなったら、二階に上げられますから兄の家の方が都合がいいんです」

そう言って、引き受けていたのである。

「うう」

立ち上がった六平太が声を上げて伸びをした時、遠くで鐘の音がした。

おそらく、七つを知らせる時の鐘だろう。

この時分、『市兵衛店』はいつも静かである。

大道芸人の熊八や大工の留吉が仕事を終えて帰ってくるのは、大概六つ（六時頃）という時分だ。

「秋月様」

戸の外から聞き覚えのある男の声がした。

片足を土間の草履に載せて戸を開くと、

「横山町の木綿問屋に行った帰りでして」

路地に立っていた目明かしの藤蔵が、軽く腰を曲げた。

「入んな」

そう言うと、六平太は土間近くに胡坐をかいた。

入ってきた藤蔵は土間の框に腰を掛けるとすぐ、

「昨日伺ったお千代のことで、木綿問屋『相州屋《そうしゅうや》』に行ってまいりました」

密《ひそ》やかな声を出した。

そして、懐《ふところ》から紐に通した木札を取り出すと、六平太に差し出す。

「これは、一芝居打つために拵《こしら》えさせた偽の迷子札なんですがね」

藤蔵はさらに声を低めた。

迷子札とは、子供が首から掛ける、名と住まいを記した木札である。

迷子を見つけた大人は、土地の町役人か目明かしに届け出る。そして、その子供が名と住まいを記した迷子札を持っていれば、親元に届けることになっていた。

「墨が薄くなって読みにくいが」

六平太は、滲《にじ》んだり擦《こす》れたりして読みにくくなった木札の文字に眼を近づける。

「よこやまちゃう、ひかわや、ちよ、か？」

「さようで」

頷いた藤蔵は、下っ引きの金太《きんた》に作らせたものだと打ち明けた。

「これを『相州屋』の番頭に見せて、こんなものを身に着けていた〈ちよ〉という奉公人がいなかったかと尋ねましたところ、お千代という娘はいるが、迷子札を下げるような子供ではないと申します」

「うん」

「それで、道を知らないのはなにも子供とは限らず、遠くから江戸に来た年端の行かない奉公人も、用心のために身に着けることもあるだろうと申しますと、三年ほど前に台所女中になったお千代という娘がいるとの返事でした」

藤蔵の話に六平太は小さく頷いた。

「その娘に会いたいと言いますと、番頭は困った顔で、お千代は九月の一日の早朝に『相州屋』を逃げ出したと口にしました。するとすぐ、お千代に何かあったのかと聞きますんで、九月の二日に、巣鴨《すがも》の千川《せんかわ》分水の流れに落ちて溺《おぼ》れ死んだ十五くらいの娘が着けていた迷子札だと教えました。そうしたら、番頭が『ひっ』と声を出して息を呑んだんでやす」

藤蔵の物言いが、いつの間にか怪談調になっていた。

「親分さん、巣鴨と仰《おっしゃ》いましたか」

番頭は、藤蔵に向かって掠れ声で問いかけたという。

「巣鴨がどうかしたのか」

不審に思ったふりをして藤蔵が問いかけると、ほんの少し躊躇《ためら》いを見せ、

「巣鴨には中山道が通っております。その中山道の先にある桶川がお千代の生まれた在所でして」

そう口にした番頭は顔を青ざめさせたのだと、藤蔵が告げた。

「それで」

六平太は、藤蔵に話の先が気になってせかす。

お千代が黙って『相州屋』から逃げたり、生まれ在所に向かったりしたのには何かわけがあるのかと藤蔵が追及すると、心当たりはないと、番頭は顔をひきつらせて答えたという。

「父親の死に目に会いたいと申し出たお千代のことを隠したのは、番頭には引け目があるからだな」

「そう思います」

六平太の推測に頷いた藤蔵は、

「それじゃ、わたしは」

框から腰を上げた。

「親分を使い立てして済まないが、『もみじ庵』の忠七さんに、『相州屋』での顛末《てんまつ》を知らせてやってもらえないかねぇ」

「帰り道ですから、気にしねぇでくださいよ」

軽く会釈をして、藤蔵は路地へと足を踏み出した。

番頭の怯《おび》えぶりから、この後、『相州屋』が奉公先を逃げ出したお千代の弁済を、請け人や親に求めることはあるまいという確信が、六平太にはあった。


『市兵衛店』は夜の帳に包まれている。

だが、路地の奥の六平太の家には明かりの灯された三台の行灯《あんどん》や燭台《しょくだい》が置かれ、集まった人々の影を板張りに長く延ばしていた。

いつもは壁近くにある長火鉢を板張りの真ん中あたりに動かし、皿や小鉢、酒の盃《さかずき》代わりにもなる湯呑《ゆのみ》などが猫板に載せてある。

その長火鉢を囲むようにして、六平太、平尾夫婦、留吉とお常夫婦、熊八、佐和が並び、飲み食いしながら世間話に花を咲かせていた。

開宴そうそう食べ物を口にしたおきみと勝太郎は、菓子皿を手にして二階へと上がって行ったから、そのまま眠りに就くに違いない。

宴の段取りを仕切っていた三治は、急な用事が出来たので、それが済み次第駆けつけることになっている。

「しかし、佐和さんのご亭主が町火消だとは思いませんでしたな」

伝八が、酒の入った湯呑を手にしたまま、感心したように唸った。

「火消しの中でも、纏持ちの音吉さんは、いわば浅草十番組『ち』組の顔なんですよ」

酒で赤くなった顔で、留吉が背筋を伸ばした。

「さっき、音吉さんの使いって若い衆が来てたけど、あれはなんだったたんだい」

お常が気遣わしげに佐和に問いかけると、

「火消しの揉め事がなかなか収まらないから、もう少し兄に厄介を掛けるって言付けを持って来たんですよ」

と返事をした。

「火消しの喧嘩は長引くから、ずっと居ればいいんだよ」

「留吉さん、いくらなんでもそういうわけにはいきますまい」

熊八が、やんわりと窘《たしな》めた。

「昔っから、漢気を張り合う火消しの喧嘩は長引くもんなんだよ。決着のつかないまもつれて、挙句の果てに血を見ることにもなるんだ」

「馬鹿っ。佐和ちゃんの前で縁起でもないことほざくんじゃないよっ」

お常が留吉の脇腹を肘《ひじ》で突いた。

「聞くところによりますと、秋月様や宅が請け負っております付添いというのも、危ないお仕事のようでございますねぇ」

多津江の声は控えめだったが、

「そうでしょうかねぇ」

熊八はまるで異をさしはさむように首を捻った。

「かなり以前から秋月さんの様子を見ておるが、若い娘御などおなご衆の芝居や花見、月見に舟遊びの付添いがもっぱらですから、おなごの色香に溺れる危うさはありましょうが、心配することはありますまい」

鷹揚《おうよう》な物言いをした熊八は、皿に取り分けられていた昆布巻《こぶまき》を摘まんで口に放り込んだ。

「でも、つい先日、口入れ屋の近くで刀を抜いた侍に襲われたようですから」

多津江は、隣りの伝八の方に眼を遣った。

「そんなことがあったんですか」

佐和に問われて、六平太は「あぁ」と声を出して、軽く頷いた。

「その時は、秋月様のお蔭《かげ》で難を逃れることが出来たようですが、宅が一人だったらと、いささか心配しております」

多津江が口にしたのは、先月の末近くのことだと思われる。

伝八と共に『もみじ庵』を後にした後、五人の侍に刀を向けられ、六平太は三人の侍に峰打ちを浴びせて追い払ったことがあった。

「付添い稼業をしていると、思わぬところで恨みを買うこともありましてね」

襲った侍たちが、旗本、永井主計頭家の屋敷内にある剣術道場の門人たちだろうと推察したのだが、追い払った後、六平太はそのことを伝八には伏せていたのだ。

付添い稼業は恨みを買うと聞かされた多津江は、伝八の仕事の危うさが心配になったに違いない。

「平尾さんは、剣術はおやりになるんでしょう」

お常が問いかけると、

「いやぁ、腰のものは形ばかりでして。剣術は苦手で、稽古をしたこともなく」

伝八は苦笑いを浮かべて、頭に片手を遣った。

「平尾さん、剣術はやっといた方がいいよ。江戸じゃ何が起こるか分かったもんじゃねぇから、自分の身は自分で守らないとさぁ」

酒で口の滑らかになった留吉は、まるで先達《せんだつ》のような物言いをすると卵焼きを頰《ほお》ばった。

「どちらにご用で」

路地の方から、聞き覚えのある三治の声がした。

「もし、お侍」

その声が届いてしばらくすると、

「よっ、皆さん、宴たけなわですな」

戸を開けた三治が、手揉みをしながら土間を上がってきた。

「外に、誰かいたのかい」

お常が聞くと、

「路地の入口んとこから、若い侍がこっちの方を窺っておりましたよ」

そういうなり、三治は猫板の湯呑を取って、自ら徳利の酒を注《つ》ぎ入れる。

「どんな侍だよ」

六平太が声を掛けると、

「暗がりで見ても、いい着物を着ておりましたね。年は二十そこそこってとこで、鼻筋の通った瓜実顔《うりざねがお》でしたかね」

つらつらと口にした三治は、湯呑の酒を一気に飲み干した。

三治が口にした様子から、その若侍は、旗本の永井主計頭の次男、永井丹二郎に違いあるまい。

江戸は、菊の節句ともいわれる九月九日の重陽を、明日に控えていた。

五節句の中では最も縁起のいい日とされていて、不老長寿を願って菊の花を浮かべた酒を飲む。

だがこれは武家の慣わしで、町人は、重陽を迎えると綿入れの着物を用意し始めるのだ。

「洗い物を済ませたら、兄上の綿入れを行李から出して、物干し台に干しますからね」

朝餉の後、佐和はそういうと、器を容れた桶を抱えて井戸へと出て行った。

『市兵衛店』の住人たちと顔合わせの宴を開いてから三日が経った朝である。

長火鉢を前にして茶を飲んでいると、

「おじちゃん、おっ母さんが呼んでるよ」

佐和と一緒に井戸端に行っていたおきみが、土間に駆け込んできてそう声を掛けた。

「おう」

胡坐をかいていた六平太が、膝の間に腰掛けさせていた勝太郎を脇に置いて、腰を上げた。

「勝ちゃん、二階に洗い物の着物を取りに行くから、おいで」

土間を上がったおきみは、勝太郎を先に立てて階段を上がっていく。

草履に足を通して路地に出た六平太が、井戸端の方を見て「あ」と声を出しそうになった。

前掛けで濡《ぬ》れた手を拭《ふ》いている佐和の前に立っていたお千代が、六平太に気付いて頭を下げた。

「お千代さん、奉公先が決まったそうよ」

佐和が笑みを浮かべた。

「行先はどこだい」

「『もみじ庵』さんの口利きで、芝の方に」

お千代が六平太に返事をしている途中、木戸の外で待っていたお店の下男と思しき老爺《ろうや》が井戸端に近寄って来て、

「わたしは、芝金杉浜町《かなすぎはまちょう》の『魚貞《うおさだ》』という干物屋の者でして、先刻、『もみじ庵』さんに、お千代さんを迎えに参ったんでございます」

丁寧に挨拶をした。

「わたしは、今日から『魚貞』さんに住み込んで、台所で女中奉公をすることになりました」

お千代が、はきはきとした声で挨拶をした。

「そりゃよかった」

思わず、しみじみとした声が六平太の口を衝《つ》いて出ると、

「はい」

笑みを浮かべたお千代が、大きく頷いた。

「その着物、明るくて、門出にはお似合いね」

「『もみじ庵』の旦那さんが、近所の知り合いから譲り受けてくれたものです」

お千代は佐和に、照れたようにそう返事をした。

黄はだ色に焦げ茶の井桁《いげた》模様の柄が、お千代の表情をさらに明るくしている。

「秋月様、佐和さん、いろいろとありがとうございました」

突然、お千代が深々と頭を下げた。

ばね仕掛けのように佐和が腰を曲げると、六平太は慌てて倣った。

「新年の藪入りまで、こちらに来ることは出来ませんけど、どうか、お元気で」

六平太と佐和は、頭を下げたままお千代の声を聞いた。

「それでは」

お千代のその声に、六平太と佐和は顔を上げた。

老爺に続いて木戸を出たお千代の姿は、小路の角を曲がって消えた。

「なぁに。向こうからこっちに来ることは出来ねぇだろうが、おれが芝の方に行けばいつだってお千代の様子は分かるさ」

六平太は、芝居の台詞《せりふ》のように声を張り上げた。

「ちょくちょく行くつもりね」

「干物を買うついでだよ。お千代の知り合いと分かれば、安くしてくれるかもしれねえ」

「買い込んだ時は、聖天町にも届けてもらいたいものだわ」

「そのつもりだよ」

六平太が請け合うと、佐和は小さく笑って釣瓶《つるべ》を井戸に落とした。

その後にすぐ、鐘の音が届いた。

五つを知らせる時の鐘に違いない。

第三話　嚙みつき娘

一

日射《ひざ》しが真上から降り注いでいたが、菅笠《すげがさ》のお蔭《かげ》で顔が火照ることはない。

秋が深まった九月十一日ともなると、夏のような熱気に閉口するようなこともなくなった。

秋月六平太《あきづきろっぺいた》は着流しの裾《すそ》を軽く翻しながら、水戸《みと》中納言家上屋敷の門前を通り過ぎる。

六平太は、久しぶりに四谷《よつや》の相良《さがら》道場へ向かっていた。

外堀沿いの道は緩やかな上り坂だが、足取りは軽やかである。

九月に入ってからというもの、付添いの仕事で江戸と武州《ぶしゅう》桶川《おけがわ》の往復を皮切りに、菊人形見物の商家の娘三人や隠居した老夫婦に付添って、巣鴨《すがも》や駒込《こまごめ》の植木屋を歩き回った。

そのせいか、腰とふくらはぎに凝りのようなものが溜《た》まってしまっていた。

昨日、浅草三好町《みよしちょう》の足力屋《そくりき》『足辰《あしたつ》』に駆け込み、元相撲取《すもうと》りの辰二郎《たつじろう》に体中を足で踏んでもらった。うつ伏せになった背中や腰のツボを、裸足《はだし》の踵《かかと》や指先で踏んでもらうのだが、これがよく効く。

治療する者の背中に乗る際、辰二郎は両手に持った杖《つえ》を床に突いて、体の重みがまともにかからないよう加減している。

足力のお蔭だろうか、堀沿いの道を一気に四谷まで歩き通してしまった。


相良道場の稽古《けいこ》は、朝が五つ半（九時頃《ごろ》）から四つ半（十一時頃）、午後が八つ（二時頃）から七つ（四時頃）となっていた。

ある時期、午後の稽古が九つ半（一時頃）から八つ半（三時頃）になっていたが、武家勤めを終えてから駆けつける門人たちから、「稽古の刻限をあと半刻《はんとき》（約一時間）遅くしていただけないか」という声が上がり、今では、午後の稽古は八つからとなっている。

午後の稽古に加わった六平太は、素振りと型の稽古の後、他行中の師範、相良庄《しょう》三郎《ざぶろう》に成り代わって、若い門人の打ち込みの相手を務めて大汗をかいた。

久しぶりの稽古だが、体がなまっている感触はなかった。

「師範代、本日はありがとうございました」

稽古を終えた門人たちから掛けられた声に送られて、六平太は稽古場からほど近い所にある更衣所に入った。

この更衣所は、師範代の六平太をはじめ、かつて道場に通っていた先達《せんだつ》が稽古に訪れたときに使えることになっていた。

廊下の板戸を開けっぱなしにして、汗まみれの稽古着を脱ごうとした時、

「秋月様」

廊下に現れた道場の下男の源助《げんすけ》から声がかかった。

「相良先生が戻られたか」

「いえ。先生はまだですが、着替えを済ませられましたら、台所で茶でもいかがかと思いまして」

「それはありがたい。すぐ行くよ」

六平太が返事をすると、源助は頷《うなず》いてその場を立ち去った。

白の袴《はかま》と稽古着を脱いで褌《ふんどし》一つになると、夏とは違い、汗に濡れた体はひやりとして心地よい。

手拭《てぬぐ》いで汗を拭い、襦袢《じゅばん》と着物を羽織る。

使った稽古着は、脱いだまま棚に置いておくと、源助が洗ってくれ、乾かした後は更衣所に戻してくれることになっているので、いつも助かっている。

帯を締め、刀と菅笠を手にして更衣所を出た六平太は、廊下の角を二度曲がった先にある台所に至った。

「どうぞ」

囲炉裏端《いろりばた》にいた源助は、六平太が板張りに膝《ひざ》を揃《そろ》えるとすぐ、湯呑《ゆのみ》を置いた。

「実は昨日、秋月様の所在を知らないかと、お侍が訪ねてまいりました」

六平太は湯呑に伸ばしかけた手を、止めた。

「門人となって長いのかとお尋ねになりましたので、秋月様は当道場の師範代ですと返答しますと、驚いたご様子で」

そこまで話すと、源助は頷いた。

「総髪の、四十絡みの男か」

六平太の脳裏には、永井道場の師範、岩藤源太夫《いわふじげんだゆう》の容貌《ようぼう》が浮かんでいた。

「いえ、二人とも、年の頃は二十ほどの若いお侍でしたが」

「若い二人——？」

六平太が呟《つぶや》くと、

「口を利かれたお方は瓜実顔《うりざねがお》の身装《みな》りもちゃんとしたお人で、もうお一方は、そのお方の従者のように見受けましたが」

源助は、言葉の最後を自信なさげに言い淀《よど》んだ。

「なるほど」

小さく独り言を口にした六平太は、湯呑を口に運んだ。

瓜実顔はおそらく、永井丹二郎《ながいたんじろう》で、連れの従者と見られる男は、高木庄七郎《たかぎしょうしちろう》だろう。

「ちとお尋ねしますが。こちらに秋月六平太様はおいででしょうか」

台所の土間の外から若い男の声がした。

「お待ちを」

源助が履物に足を通すと、表門に通じる戸を開けた。

「わたしは、音羽桜木町《おとわさくらぎちょう》の甚五郎《じんごろう》の身内で、弥太《やた》と申します」

弥太の声を聞いて、

「おれは中にいるよ」

六平太が声を張り上げた。

「浅草元鳥越《もととりごえ》の『市兵衛店《いちべえだな》』に行きましたら、今日はこちらだとお妹さんから伺いまして」

幾度も頭を下げながら、今年二十五になる弥太が土間に足を踏み入れた。

「茶でも」

「いや、とっつぁん、構わねぇでください」

弥太は、茶の用意をしようとした源助に声を掛けた。

「なにか、急ぎの用だったのか」

六平太の声に、

「へぇ。雑司ヶ谷《ぞうしや》の竹細工師の作蔵《さくぞう》さんから甚五郎親方に知らせがありまして、八王子《はちおうじ》の養蚕《ようさん》農家の豊松《とよまつ》さんが、亡くなられたということです」

弥太が、神妙な顔でそう告げた。

あまりのことに、六平太は言葉を失った。

「その知らせを受けて、朝のうちに、穏蔵《おんぞう》は作蔵さんに連れられ八王子に向かいました」

「豊松さんは、病に臥《ふ》せっておいでだったのかい」

六平太は、やっとのことで弥太に問いかけた。

「親方から、すぐに知らせに行けと言われましたので、詳しいことは聞いておりません」

弥太は、まるで詫《わ》びでもするように、深々と首《こうべ》を垂れた。

四谷北伊賀町《きたいがまち》の相良道場を後にした六平太は、一気に坂を下ると、尾張《おわり》徳川家の上屋敷の西端を北へと向かっていた。

牛込中里村《うしごめなかざとむら》をさらに北へ進めば、護国寺《ごこくじ》領音羽町へ至ることは百も承知である。

相良道場を出る際、音羽に向かう旨を『市兵衛店』の佐和《さわ》に伝えるよう弥太に頼んで、一人、先を急いでいた。

豊松とは十年以上にも及ぶ関《かか》わりがあった——足を動かしながら、六平太は胸の内で思わず呟いた。

信濃十河藩《しなのそごう》の江戸屋敷勤めをしていた六平太が、身に覚えのない謀反《むほん》の罪を着せられて主家を追われたのは、十五年前のことだった。

自棄《やけ》を起こした六平太は野良犬のように盛り場をほっつき歩き、酒と喧嘩《けんか》の荒《すさ》んだ暮らしを続けていた。

そのころ、板橋《いたばし》で知り合った女が六平太の子を産んだのだが、その男児に穏蔵と名付けたことは、後になって知った。

しかし、決まった実入りのない六平太が面倒を見られるはずはなく、母子《おやこ》に寄り添うことはほとんどなかった。

それから三年ほどが経《た》った頃、板橋の女が死んで、三つになった穏蔵が一人になったと知ったのである。

なすすべもなく酒に逃げた六平太は、前々から因縁のあった破落戸《ごろつき》たちに襲撃されて深手を負ってしまった。

雨の降る路傍に打ち捨てられた六平太を家に運び入れ、傷が癒えるまで面倒を見てくれたのが、雑司ヶ谷の竹細工師、弥兵衛《やへえ》だった。

体の傷が癒えるのと同時に、荒んでいた六平太の心の内に変化が起きた。

男手ひとつで子供を育てられない六平太は、穏蔵の行く末について、交誼《こうぎ》を続けていた弥兵衛に相談を持ちかけたのだ。

その時、弥兵衛の口から出たのが、八王子で養蚕を稼業にしていた豊松の名だった。

弥兵衛が作る竹細工を前から贔屓《ひいき》にしていた豊松に子はなく、前々から養子を迎えたいと考えていたところだったということが分かり、話はすぐに纏《まと》まった。

豊松に連れられて八王子に向かった時、三つだった穏蔵は、今年、十五になっている。

豊松の死の知らせを聞いて、穏蔵と共に八王子に向かった作蔵というのは、やはり竹細工師になっている、亡き弥兵衛の倅《せがれ》であった。

急いだせいで、六平太は四谷から半刻ほどで音羽に着いた。

日は西に傾いて、七つ半（五時頃）という頃おいである。

江戸川に架かる江戸川橋を渡り、神田上水白堀《しらぼり》を越した先の桜木町に、甚五郎の家がある。

「ごめんよ」

障子戸を開けて土間に足を踏み入れるなり、六平太は声を掛けた。

だが、枡形《ますがた》の土間にも広い板張りにも人影はない。

土間の板壁に、菱形《ひしがた》に『毘《び》』の文字の染め抜かれた半纏《はんてん》や同じ印の入った提灯《ちょうちん》が掛かっている。

「秋月様でしたか」

奥から出てきたのは、甚五郎の片腕と言われている若者頭の佐太郎《さたろう》だった。

「親方も若い衆も出払っておりますもので」

そう言いながら土間の六平太の近くに膝を揃えると、

「八王子の豊松さんのことですね」

佐太郎は神妙な顔をした。

小さく頷いた六平太は、四谷の道場に知らせに来た弥太へ、『市兵衛店』に来ている佐和に言付けを託したことを、一言詫びた。

「親方は、護国寺さんや桂林寺《けいりんじ》さんなどに振り分けた若い者の仕事の具合を見て回ってまして、帰りは日が落ちてからになると思いますが」

佐太郎はそういうと、先月の下旬くらいから寺社の灯籠《とうろう》の掃除や垣根の修繕に追われているのだと、笑顔でぼやいた。

九月に入ってからは、菊見の人出もあって、甚五郎の一党は、人の整理や警固にも飛び回っているという。

護国寺を中心とする寺社の保護、岡場所《おかばしょ》を抱える音羽町一帯の警固や治安に目配りをするのが、甚五郎の役目である。

時には凶状持ちを相手に荒っぽいことをするので、毘沙門《びしゃもん》の甚五郎とも、住まいにちなんで桜木町の親方とも呼ばれているが、土地の者の人望を一身に集めていた。

「おれは、しばらくこっちにいるからと、親方にはそう伝えておいてもらいたい」

六平太は佐太郎にそういうと、夕焼けに染まった表通りへと出た。


護国寺の山門前の広道から、幅の広い坂道が真っ直《ます》ぐ緩やかに南へと下っている。広道に一番近い音羽一丁目から、南へ下るごとに二丁目三丁目となり、九丁目の先の桜木町までが護国寺の参道となっていた。

参道の両側には、料理屋や旅籠《はたご》をはじめ、さまざまな品を商う大小の商家が軒を連ねており、寺社詣《もうで》や行楽の人々が四季を通じて押しかける。

夜ともなると、町々には雪洞《ぼんぼり》が灯《とも》り、昼とは違う艶《なま》めかしい様相を漂わせるのは、岡場所から流れて来る香《かぐわ》しい脂粉のせいかもしれない。

音羽町を南北に貫く参道から西側に入ると、護国寺門前の方から南北に、参道と並行している小路がある。

　その通りは、ささやかな食べ物屋、居酒屋などの小商いの店がひしめき合っているが、料理屋の二階からこぼれ出る音曲に混じって、妓楼《ぎろう》の女のけたたましい笑い声までも聞こえる。

　軒に提灯を下げた居酒屋『吾作《ごさく》』は、八丁目の南端の角にある。

　出入り口から一番遠い店の奥で、六平太とおりきは向かい合って酒を酌み交わしていた。

　夕刻、甚五郎の家を後にした六平太は、関口駒井町《せきぐちこまいちょう》のおりきの家へと向かった。

　だが、声を掛けても返答がないので、小さな庭の手前にある台所の勝手口から入口近くの茶の間に上がり込んだのだ。

　茶の間にも隣りの六畳間にも髪結いの道具を収めた台箱は見当たらず、おりきはおそらく、髪結いの仕事に出たままだろうと推察した。

　六畳の部屋から縁に出ると、日暮れ近い庭に大洗堰《おおあらいのせき》で分流される水音が轟《とどろ》いていた。

　上流では雨が降ったものか、流れ落ちる水量が多く、いつもよりうるさかった。

　六平太がおりきと馴染《なじ》んで既に十五年近くが経つ。

　馴染んですぐのころ、おりきの家は少し下流の小日向水道町《こびなたすいどうちょう》にあった。

その家は江戸川端で、水音に慣れない間は、目覚めるといつも、大雨が降っていると思ったものだ。

「やっぱり、来ていたんだね」

そんな声を掛けたおりきが、台箱を茶の間に置いて六平太の横に立った。

「毘沙門の親方が、八王子のことは六平さんにも知らせに遣《や》ったと言っておいでだったから」

気遣うような物言いをしたおりきに、六平太は小さく頷いた。

その後、目白《めじろ》不動近くの湯屋《ゆや》に行った二人は、『吾作』に向かい、夕餉《ゆうげ》を摂《と》っていたのである。

『吾作』の客になったのは六つ半（七時頃）を少し過ぎた時分だった。

店の中は、先刻まで岡場所へ繰り出そうという男たちで賑《にぎ》わっていたが、今は白髪頭の職人が一人で飲んでいるだけである。

「おりき姐《ねえ》さんと兄ィ、松茸《まつたけ》でも焼きますか。さよりの膾《なます》とか赤貝もありますが」

腰高の仕切り壁の向こうにある板場に立っていた、『吾作』の主《あるじ》である菊次《きくじ》から声が掛かった。

「酒を燗《かん》にして二本と、松茸だな」

六平太が注文すると、

「赤貝もね」

おりきも声を上げた。

「すぐに」

威勢のいい声を上げた菊次は、もとは毘沙門の若い衆の一人だった。

おりきと同じころに知り合った弟分なのだが、その間、いくつかの不運に遭《あ》った末、菊次は居酒屋の主に収まってしまった。

「ほったらかして、どうもすみません」

土間の奥から現れたお国《くに》は、六平太とおりきに軽く頭を下げた。

「公吉《こうきち》は寝たのかい」

「やっといま」

六平太に頷いたお国は、襷《たすき》を掛けると、板場へと入った。

二月ほど前にお国と所帯を持った菊次は、その連れ子の公吉と共に『吾作』の奥で寝起きをしている。

「この燗酒は」

お国に問われた菊次は、

「兄ィのとこだ。あと、松茸が焼けたら、赤貝と一緒に出してくれ」

焼台の前で威勢のいい声を上げる。

するると、

するると、

「はいよ」

お国からは陽気な声が飛ぶ。

板場の夫婦のやり取りが、六平太とおりきの元まで聞こえた。

二

紺の半纏を羽織っていた白髪頭の職人が店の表へ出ると、

「足元に気を付けてねぇ」

送り出したお国は、軒に下がった提灯の灯《ひ》を消した。

「『吾作』さん、おやすみ」

「おやすみ」

お国は、通りがかりの顔見知りに返答すると、縄のれんを外して店の中に持ち込み、土間の片隅に立てかけた。

「片付いたら、お国さんも盃《さかずき》を持って、ここへお掛けよ」

おりきが声を掛けると、

「板場を片づけたらすぐに」

そういって、お国は板場に入り込んだ。

料理を作り終えた菊次は、おりきと差し向かいに掛けていた。六平太の隣りの空き樽《だる》に居座り、少し前から盃を空けている。

「おれは穏蔵の様子を見なかったが、毘沙門の若い衆の話だと、落ち込んでるようだね」

菊次はそういうと、残り物の小芋を箸《はし》で突き刺し、口に運んだ。

「豊松さんが病に臥せってたってことは聞いてなかったから、死んだと言われてもなぁ」

六平太の口から、何度目かのため息が洩《も》れた。

「作蔵さんと穏蔵が戻るのは明日のことだろうから、詳しいことはその時だね」

おりきの声に、六平太は黙って頷いた。

「それで兄ィ、八王子の豊松さんが死んだことは、穏蔵の親には知らせたんで？」

「誰のことを言ってるんだい」

おりきが、静かに問いかけると、

「いつだったか、穏蔵ってのは、兄ィが知り合いから預かった子供だと聞いたような覚えがあるからさ」

「それはあれだよ。知り合いが死んだもんだから、いっとき、おれが預かる羽目になったってことだよ」

六平太はつい口を尖《とが》らせて、言い訳がましい物言いをした。

「だけど、一人じゃ育てられないからと、豊松さんという養父に預けたってことでしょう」

おりきの助け舟に、六平太は「うん」と大きく頷いた。

「なんだ、そういうことか。そしたらもう、穏蔵に親はいねぇってことだね」

菊次の口ぶりから、特段穏蔵の親のことを気に留めているというわけではないようだ。

穏蔵が六平太の子供だと知っているのはおりきと妹の佐和、そして、雑司ヶ谷の竹細工師、作蔵夫婦だが、死んだ豊松とその女房も知っていたに違いあるまい。

甚五郎はうすうす感づいているような気がするが、これまでそのことに触れたことはなかった。

近くの料理屋から微《かす》かに届いていた三味線《しゃみせん》の音が、いつの間にか止《や》んでいた。

草履《ぞうり》を引きずっていく足音や女の名を口にして罵《ののし》る酔った男の声が、『吾作』の中にも届き、やがて遠のいた。

「気になるのは、穏蔵さんの今後だね」

盃に口を付けたおりきが、ぽつりと呟いた。

「今後というと」

　菊次が尋ねると、

「八王子の養い親のことだよぉ」

　板場からお国の声が飛んできた。

「お国さんのいう通り、連れ合いのおすがさんは一人になる。暮らしは立つだろうが、豊松さんが続けていた養蚕をどうするかだ」

　六平太は、天井を向いて呟いた。

「なるほど」

　菊次も呟いて、盃の酒を呷《あお》る。

「本来なら、豊松さんの後を継ぐのは穏蔵なんだよ。夫婦に子の無かった豊松さんが養子を迎えたのは、家業を継いでくれる者が欲しかったからじゃないのかねぇ」

　独り言のように口にした六平太は、胸の前で両手を組む。

「そんな親の気も知らず、当の穏蔵は、日本橋の絹問屋に奉公に出たかと思えばそこを逃げ出しやがった。八王子に戻るのかと思っていたら、なんのこたぁない。毘沙門の若い衆になっちまいやがってさぁ。おれは思うが、そんな穏蔵にゃ、八王子に引っ込んでお蚕仕事を継ぐ気はないね」

　いささか酒に酔った眼《め》を見開いて、菊次はそう言い切った。

「けど、小さい時分から世話になった豊松さんが死んだとなると、穏蔵さんだって考えると思うけどねぇ」

おりきが呟くと、

「姐さんは、甘いっ」

間髪を容《い》れず、菊次はそう断じた。

するといきなり、お国が板場から躍り出て、

「菊さん、あんた、兄貴風吹かして穏蔵さんにはきついが、あの子はそんな薄情な子じゃないよ」

菊次を叱《しか》りつけた。

「まぁ、ともかく、作蔵さんと穏蔵が、八王子から戻ってからのことだな」

低い声でそういうと、六平太は軽くなっていた徳利《とつくり》を振って、残り少ない酒を自分の盃に垂らした。

六平太が、着物の裾を撥《は》ね上げながら目白坂を下っている。

おりきの家のある関口駒井町にほど近い目白不動の時の鐘が、五つ（八時頃）を知らせてから半刻ばかり過ぎた頃おいである。

朝日が昇った時分、茶の間の方から茶碗《ちゃわん》の触れ合う音が聞こえたのだが、寝床を出

るのは躊躇《ためら》われた。

やがて、出入り口の戸が静かに開け閉めされて、家の中は静まりかえった。

おりきが髪結いの仕事に出かけたのだと、搔巻《かいまき》にくるまっていた六平太は合点した。

二度寝から目覚めてのそのそと起き出したのは、一町（約百九メートル）ほど坂上にある目白不動の、五つを知らせる時の鐘を耳にした時だった。

六平太が音羽に来てから、二日が経った、九月十三日の朝である。

おりきが用意してくれていた朝餉《あさげ》を茶の間で摂っているとき、

「たった今、穏蔵が雑司ヶ谷の作蔵さんと桜木町に帰って来ました」

毘沙門の若い衆、弥太が、入口の三和土《たたき》に飛び込んで告げた。

「すぐに行く」

六平太は先に弥太を帰した後、急ぎ身支度をして追いかけるように目白坂に飛び出したのである。

目白坂を下り切った辺りにある桜木町までは、一町も走れば行きつく。

戸の開け放たれた甚五郎の家の土間に飛び込むと、

「秋月様、あちらへ」

若い衆たちと板張りに集まっていた佐太郎が腰を上げ、鉤の手に曲がった土間の奥を手で指した。

佐太郎が指し示したのは、奥にある甚五郎の住まいである。

数えきれないほど通されたことのある六平太は、土間の奥の暖簾の先で草履を脱ぐと、廊下に上がった。

そこへ、板張りからやってきた佐太郎が、

「こちらです」

と、先に立った。

「秋月様です」

廊下の先で足を止めた佐太郎が、障子の外で声を掛けると、

「秋月さん、どうぞ」

中から甚五郎の声が掛かり、佐太郎が障子を開けた。

八畳の部屋は、庭に面した障子が日に輝いていて、明るい。

六平太は、甚五郎と、穏蔵と並んで座っていた作蔵に会釈をすると、三人とは間を取った壁際に腰を下ろし、

「作蔵さん、何かと手数をかけたね」

ねぎらいを口にした。

「なんの。豊松さんとの付き合いは、死んだ親父《おやじ》からわたしが引き継いだようなもんですから、親方も秋月さんも、お気遣いくださいますな」

作蔵はそう言いながら、右手を小さく横に振った。

「秋月さんもおいでになったし、作蔵さん、穏蔵の養い親になにがあったかをひとつ」

甚五郎は、作蔵に向かって、控えめに促した。

「この辺りじゃ気付きませんでしたが、八王子の方じゃこのところ、秋の長雨で浅川《あさかわ》の水かさが増えていたということです」

作蔵が、八王子で知りえたことを静かに語り出した。

四日前の九月九日、水かさの増えていた浅川の流れが、ついに土手を越えて農地や農家に流れ込んだという。

川から離れていた豊松の家は心配なかったのだが、牛を何頭か飼っている茂兵衛《もへえ》という知り合いの農家に水が迫った。かねてから親しくしていたその家に駆け付けた豊松は、牛舎の牛を避難させようと奮闘していたのだが、流れ込んだ水に足元をすくわれて、下流に流されたということだった。

「桑の葉を刈り取るころは手を貸してくれたし、紡いだ糸を運ぶ時は茂兵衛さんの家の牛たちに曳《ひ》いてもらったから、お義父《と》っつぁんはその牛たちを助けようとしたんだと思います」

顔を俯《うつむ》けたまま、穏蔵はぼそぼそと口にした。

「豊松さんの死体が見つかったのは、翌日の十日だったそうです」

そう口を開いた作蔵によれば、下流で見つかった豊松の足には荒縄が絡みついており、それが木に引っ掛かり、身動きが取れなくなって死んだものと思われた。

豊松の家に残されたのは、女房のおすがと、下男や女中として長年奉公してきた四十半ばの夫婦者だったが、弔いには、近隣の者たち、季節になると糸繰り仕事をしてくれた女たちも駆けつけて、賑やかに送り出すことが出来たようだと作蔵は続け、

「女房のおすがさんに、この先のことを尋ねたら、おいおい考えることにすると言っていましたよ」

話に一区切りをつけた。


庭に面した八畳の部屋には、甚五郎と穏蔵、それに六平太が残っている。

作蔵はほんの少し前に、雑司ヶ谷に帰って行った。

「穏蔵」

甚五郎が小さな声で呼びかけると、俯きがちにしていた穏蔵がわずかだが顔を上げた。

「何も今すぐに決めなくてもいいが、八王子に戻るかどうか、いずれは決めなくちゃならねぇよ。恩のある豊松さんの家のことだからな」

淡々とした甚五郎の言葉に、穏蔵は俯いて、小さく頷いた。

「御免蒙《こうむ》ります」

廊下から声を掛けて、佐太郎が障子を開け、

「小間物屋『寿屋《ことぶきや》』の旦那《だんな》がおいでになりましたので、こちらにお連れしました」

と告げた。

佐太郎が言い終わる前に、『寿屋』の主、八郎兵衛《はちろべえ》が八畳の部屋に入り込んで、

「居酒屋『吾作』のお国さんから、穏蔵さんの養い親が亡くなったと聞いて伺いました」

甚五郎らに向かって、丁寧に手を突いた。

菊次と所帯を持つまで、お国は今年五つになる倅の公吉と『寿屋』の持ち家である『八郎兵衛店』で暮らしていたから、八郎兵衛にとっては旧知の間柄と言えた。

「それで、『寿屋』さんの御用というのは」

甚五郎が穏やかに問いかけると、

「つまりその、穏蔵さんの今後が、どのようなことになるのか、それを親方にお伺いしたく、不躾《ぶしつけ》とは思いましたがこうして」

八郎兵衛はしどろもどろになりながらも、両手を膝に置いて畏《かしこ》まった。

八郎兵衛は以前、一人娘の美鈴《みすず》の婿《むこ》にゆくゆくは穏蔵をと望んだ。穏蔵も甚五郎も

そのつもりになったことがあった。

ところが、『寿屋』の用事にかまけて、普段続けていた些細《ささい》な約束を忘れたことで、稳蔵はおりきの怒りを買い、頰《ほお》を叩《たた》かれた。

そのことで己の未熟さを思い知った稳蔵は、『寿屋』からの婿入り話を自ら辞退していたのである。

しかし、八郎兵衛は諦《あきら》めていなかった。

己の不徳を恥じて辞退した稳蔵を、ますます気に入ったようだと人伝《ひとづて》に聞いてはいたのだが、それはやはり、本当のことだったようだ。

「小間物屋『寿屋』へ稳蔵さんを迎えたいという、わたしどもの思いを、どうかお忘れなきようお願い申し上げる次第です」

八郎兵衛は畳に手を突いた。

「『寿屋』の日那、気持ちは分かりますがね、稳蔵には、八王子の養い親への恩というものがあるんだよ」

甚五郎が、諭すように静かに口を開いた。

「そのことは、よおく存じております。ご養父が亡くなられて、ご養母一人になられたとも伺いました。そのことも気懸りではございましょうが、八王子の親御さんをこちらに引き取るなり、なにかいい手立てがないものかと」

そこまで口にして、八郎兵衛は甚五郎を見、穏蔵へと縋るような眼を動かした。

「旦那、八王子の親が死んで間もないことで穏蔵もまだ落ち着きますまい。この話は、もう少し先にしたほうがいいように思いますがね」

「いや」

甚五郎の話に異を口にした六平太が、

「穏蔵は、養い親への恩に報いるために、八王子に戻って、残されたおっ義母《か》さんの傍《そば》にいるべきだと思うがね」

はっきりそう言い切ると、部屋の中がしんと静まり返った。

「し、しかし、穏蔵さんの行く末に、どうして秋月様が口を挟まれるんでございましようか」

背筋を伸ばした八郎兵衛が怒気を籠《こ》めた声を発すると、鼻で息をしながら両肩を大きく上下させた。

八郎兵衛からぶつけられた言葉に戸惑った六平太が、思わず眼を泳がせた時、上目遣いで睨《にら》みつけている穏蔵の怒りの眼差《まなざ》しに気付いた。

眼が合うとすぐに顔を伏せた穏蔵は、悔しげに唇を噛《か》んだ。

甚五郎の家から表通りに出た六平太は、道幅の広い参道の彼方《かなた》に眼を遣った。

北へと延びる緩い坂道の先に、護国寺の山門をはじめ、薬師堂《やくしどう》や観音堂《かんのんどう》など、伽藍《がらん》の大屋根が望める。

日は中天近くに上がっていた。

刻限は、四つ半（十一時頃）ぐらいだろうか。

「さてと」

小さく口にして、坂上の方に足を向けたとき、

「秋月さん」

背後から熊八《くまはち》の声がした。

「音羽に着いた途端お会い出来るとは、御大師《おだいし》様の功徳ですな」

托鉢僧《たくはつそう》姿の熊八はそういうと、黄色くなった歯を剝《む》き出しにして笑う。

「今日は音羽で一稼ぎか」

「いいえ。秋月さんの様子を見てきてくれないかと佐和さんに頼まれてまいりました。ええと、なんでも、お知り合いの養い親が亡くなって、兄上はどうしてるのかと、気にかけておいでてでしたな」

「うん」

六平太は素っ気ない返事をしたが、密かに穏蔵のことを気に掛けている佐和の心中が思い遣られた。

「『市兵衛店』に変わりはないか」

「あります」

熊八は真顔で即答すると、

「佐和さん母子に変わりはありませんが、三治《さんじ》が妙でしてな」

密《ひそ》やかな声を出した。

「妙に浮かれていると思えば、神妙な顔をして唸《うな》ったり、口三味線を鳴らしたりしてます。昨日も、佐和さんに秋月さんはいつ戻るのかと聞いてましたから、帰りを待ちわびてるんじゃありませんかね」

「三治に待ちわびられてもありがたくはないが、熊さんどうだい、護国寺の茶店で茶でも飲まないか」

「折角のお誘いですが、拙僧はこれから、菊見の人出のありそうな駒込巣鴨に行こうかと思いますので」

「巣鴨なら護国寺の門前を通る方が近い。途中まで一緒に行こうじゃねぇか」

歩き出した六平太に、古びた錫杖《しやくじよう》を杖にした熊八が並んだ。

二人は、緩い坂道をのんびりと上がって行った。

三

日が暮れて間もない居酒屋『吾作』の店の中は七分の客の入りで、話し声がにぎやかに飛び交っている。

六平太とおりきは、六つ（六時頃）に間に合うように『吾作』に現れたのだが、店の奥の定席には、すでに甚五郎が腰を掛けていた。

それからほどなくして、料理と酒が運ばれて飲み食いが始まったのだが、

「佐和さんのご亭主は、浅草十番組『ち』組の纏持《まといも》ちじゃありませんでしたか」

甚五郎がふと口にした。

顔の広い甚五郎は、浅草十番組の火消しとお茶の水の定火消との喧嘩の一件を、浅草の知り合いから聞かされていたという。

「実はそうなんですよ」

頷いた六平太は、音吉《おときち》が喧嘩騒ぎの仲裁役の一人になって飛び回る羽目になったので、佐和が子供二人を連れて『市兵衛店』に避難して来た顚末《てんまつ》を打ち明けたばかりだった。

「へぇ、佐和さんが元鳥越にねぇ」

板場から菊次の弾む声がした。

「九月になってすぐだそうだよ」

返事をしたおりきは、横に掛けた六平太の盃に冷酒を注《つ》ぎつつ、

「しかも、浅草から逃げ出さなきゃならないほどの騒ぎとはねぇ」

気遣わしげに眉《まゆ》をひそめた。

「火消しの喧嘩は意地と意地の張り合いですんなりとはいかないいんだよ、おりきさん。腹を立てた相手が、なんとか纏《まと》めようとする仲裁役を恨んで襲うこともあるし、難を避けるにこしたことはないと思いますよ」

静かにそういうと、甚五郎はおりきの盃に酒を注いだ。

「姐さん、安心したでしょ」

菊次が板場から声を掛けた。

「なにが」

おりきは睨み返した。

「兄ィがこのところ音羽に顔を出さないのは、ほかに行くところが出来たに違いないとかなんとか言ってたじゃありませんか」

菊次がからかうような物言いをすると、

「ほかにってなんだよ」

六平太がおりきに向かって口を尖らせた。

「付添いをしたどこかの大店《おおだな》の娘さんに気に入られたりしたんじゃないかとか、いろいろ」

「菊次お前、わたしがいつそんなことを言ったよっ」

間髪を容れず、おりきの鋭い声が菊次に飛んだ。

「へへへ、この年になって妬《や》かれるのも、悪くはねぇ心持ちだね」

六平太が笑って盃を口に運ぶと、横に掛けているおりきが、

「ふん」

と、鼻で笑った。

「空いた徳利は下げますね」

料理と徳利を置いたお国が、空の徳利を板場に運んで行く。

「それで親方、穏蔵さんの様子はどんな具合なんです」

おりきが、目下懸案のことについて神妙に問いかけた。

「いやぁ、秋月さんの一言が応《こた》えたのか、あのあと、誰とも口を利こうとしなくなりましてね」

甚五郎は、向かい側に掛けている六平太に小さな苦笑いを見せた。

「一言って、いったい、なにを言ったんですよ」

盃を持ったおりきが六平太に問いかけたとき、出入り口の戸の開く音がした。

それと同時に、店内に響き渡っていた客たちの話し声が、ぴたりと止んだ。

店の戸口に、色鮮やかな着物に身を包んだ娘が立ち、夜叉《やしゃ》のような顔で店内を見回す。

「美鈴さんじゃありませんか」

声を発した甚五郎に気付いた『寿屋』の美鈴は、六平太を目掛けて真っ直ぐに突進してきた。

「あなたは一体、何様ですかっ」

六平太の前で鋭く言い放つと、

「お父《と》っつぁんに聞けば、あなたは、穏蔵さんに八王子に戻れと言ったそうですね」

美鈴の迫力に、思わず六平太は頷いた。

「親でもないあなたが、どうして余計な口出しをしなくちゃならないんですか。穏蔵さんの生き方にどうしてあれこれ指図をするんですか。出しゃばるのはいい加減にしてくださいっ」

美鈴はそういうと、くるりと踵《きびす》を返し、荒々しく下駄の音を立てて、『吾作』の表へと出て行った。

「事情があって、とんでもない修羅場になったが、おれが酒をふるまうから勘弁してくれ」

板場から菊次が大声を上げると、客たちから歓声があがり、そこここから話し声が蘇《よみがえ》った。

「しかしまぁ、『寿屋』の娘に嚙みつかれるとは思わなかった」

苦笑いを浮かべて、六平太は盃を口に運ぶ。

「こういうとき、佐和さんならなんとお言いですかねぇ」

おりきが、ぽつりと口にした。

「妹が、あれこれいうことはねぇよ」

「でも、穏蔵さんとは身内のような間柄じゃありませんか」

笑みを浮かべて、穏やかに言い返した。

「おりきさんなら、佐和さんは秋月さんになんという口添えをしなさると思うね」

甚五郎の問いかけに、

「それはなんとも分かりませんが、わたしなら、六平さんが八王子に出向いて、直におっ義母さんから腹の内を聞いたらどうかと思いますがねぇ」

おりきの物言いはゆったりとして、まるで謡《うた》うような響きがあった。

甲州《こうしゅう》街道の府中《ふちゅう》宿を過ぎたあたりから、日射しが顔の正面に当たるようになった。

さっきまで中天にあった日が、西に傾いたようだ。

昨夜、居酒屋『吾作』で穏蔵の今後について話が及んだ時、六平太が八王子に赴いて、養母のおすがの思いを聞いたらどうかという声が、おりきから上がった。

六平太はその意見を聞いて、夜明け前に音羽を発《た》って八王子に向かっていた。

音羽から八王子まで、おおよそ十里余りだから、途中で休みを取っても、日のあるうちに行きつける道のりである。

柴崎《しばさき》の先の玉川《たまがわ》が川止めになっている心配があったが、川の水かさは普段通りになっており、渡し船に乗って対岸の日野《ひの》に着いた。

日野宿を通り過ぎ、浅川の手前の大和田《おおわだ》で六平太は足を止めた。

八王子の豊松の家は、浅川の先にあるのだが、行ったことはない。

豊松は年に一、二度、生糸の取引をする江戸の絹問屋に来ていたようだが、その豊松とも滅多に顔を合わせることはなかったくらいだから、女房のおすがと顔を合わせたことなどなかった。

しかし、六平太は四年前、十を過ぎたばかりの穏蔵と浅川の畔《ほとり》に立ったことがある。

その時は、豊松の家から飛び出して、雑司ヶ谷の作蔵の家に来ていた穏蔵を六平太が八王子に送り届けることになったのだ。

「おじちゃんは、お父っつぁんじゃありませんか」

稔蔵からそう問いかけられたのが浅川の畔であった。

そのことを聞きたくて、八王子を出てきたのだとも打ち明けたのである。

豊松の家は浅川から近いと聞いた六平太は一人で家に帰すことにして、浅川橋を渡っていく稔蔵を見送ったのだった。

四年前、稔蔵が一人で渡った橋を六平太は渡った。

畑地に点在する農家の一軒で豊松の家を尋ねると、浅川に注ぎ込む支流の南側にある大きな二階家だと教えられた。

豊松の家は、蚕部屋の設《しつら》えられた曲がり家の大普請であった。

「ごめん」

庭に面した戸口で二度声を張り上げた時、

「もしかして、秋月様じゃありませんか」

背後から女の声がした。

四十を過ぎたばかりと思しき婦人が切り花を手にして、庭に立っていた。

「秋月六平太です」

六平太が答えると、うんうんと頷いた婦人は、

「よう、お出《い》で下さいました。わたしは、豊松の連れ合いのすがでございます」

深々と腰を折った。

木立のある裏庭に面した仏間に西日が射している。

仏壇には先刻おすがが手にしていた切り花が供えられ、その横では、六平太が立てた線香が煙を立ち上らせていた。

両手を合わせていた六平太が仏壇の前から座を離れると同時に、お盆を手にしたおすがが入ってきて、湯呑を置いた。

「本日は、遠いところをわざわざありがとうございました」

おすがの丁寧な挨拶《あいさつ》に、六平太も丁寧に首を垂れた。

「今夜は、うちでゆっくりと休んでくださいまし」

「ありがとうございますが、用事を抱えている身でして、おかみさんと話が出来たら、今日のうちに八王子を発とうかと」

「それは、お気の毒なことで」

いたわりの言葉を口にしたおすがは、

「お話とは、なにか」

小さく身を乗り出した。

「豊松さんが亡くなって、ここにはおかみさん一人になられた。この後、穏蔵をどうしたらいいのか、おかみさんの腹の内を遠慮なく聞かせていただきたく、こうしてお訪ねした次第でして」

六平太は率直な思いを口にした。

「あぁ、そのことでしたかぁ」

穏やかな物言いをしたおすがは、微笑《ほほえ》みを浮かべた顔で、小さくうんうんと頷くと、

「うちの人がこんなことになるとは思いもしておりませんでしたが、虫の知らせとでもいうんですか、この半年ばかり、うちの人はよく、穏蔵の行く末のことを口にしていたんですよ」

おすがはそういうと、何気なく仏壇の方に眼を向けた。

「穏蔵がお蚕の仕事を嫌がっているとは、今も思ってもおりません。ただ、うちの人もわたしも、穏蔵の思いは別の所にあって、腰が定まらないというか、迷っているようだということは、常々感じておりましたよ。ですから、うちの人も、穏蔵が養蚕を継がないと言い出す覚悟はしていたようです」

おすがの声音に、非難じみた響きはなかった。

「ちょうど一月前でしたか、うちの人がポツリと言ったことがありましたよ。穏蔵が望むなら、親元に返そうじゃないかと」

その言葉に、六平太は軽く息を呑んだ。

「親と一緒に暮らすのかどうかはともかく、穏蔵が音羽なり江戸にいたいというのな

ら、それがいいだろうとも言ってました。これまで、子供を育てる面白さや楽しさや戸惑いなんかを味わわせてもらったのが儲《もう》けものだと思うことにしようじゃないかと、笑っておりました。秋月様」

「はい」

「穏蔵は、実の父親が誰か、うすうす気付いておりますよ」

そういうと、笑顔のおすがは小さく頷いた。

やはり——六平太もそう思わなくもなかった。

「穏蔵のことでは、わたしどもには覚悟が出来ておりましたから、つい一月前、うちの人と話し合って、養蚕のことはわたしの兄の次男坊に頼もうと決めたばかりでした」

兄というのは、八王子の西の散田《さんだ》で畑作と水田を持っている百姓だとおすがは言う。

武家と同じように、農家の次男三男は家を継ぐことが出来ない。

おすがの甥《おい》は、養子の口が掛かるのを待つか、ほかの仕事に就くかという岐路に立たされていたという。

その甥が、豊松の誘いに喜んで応じたのだという。

小さい時分から豊松の家に遊びにやってきていた甥は、養蚕というものを知らず知らずのうちに身に付けていたし、穏蔵が小さいころから何かと教えてもいたようだ。

「その甥っ子は、先々《さきざき》、穏蔵がこっちに戻りたいというなら、喜んで迎えるとも言ってくれてます。そんな、先行きの見通しが立った矢先に、うちの人は」

そこまで口にしたおすがが、後の言葉を飲み、恨めしげに仏壇を向いた。

六平太も、もう一度仏壇を向いて両手を合わせる。

豊松さん、いろいろとすまなかった――六平太は、胸の内で詫びた。

六平太が目覚めると、部屋は日を受けた障子の輝きで明るかった。

障子の外から、滝を流れ落ちるような水音がしているのに気づいた。

ゆっくりと体を起こすと、足元には掻巻が掛かっている。

転寝《うたたね》をしていたのは、関口駒井町にあるおりきの家の六畳間だった。

昨日の夕方、八王子の豊松の家を後にした六平太は、甲州街道の府中宿で旅籠に泊まり、今朝早く宿を出て音羽に向かったのである。

昼過ぎに着いてすぐ、音羽桜木町に向かったのだが甚五郎はあいにくの留守で、六平太はその足でおりきの家に向かった。

疲れた足を休ませようとごろりと横になったのだが、少なくとも半刻は眠ったようだ。

日の加減から、八つ半という頃おいだろう。

出入り口の戸の開く音がして、

「目白坂で毘沙門の親方と鉢合わせしたんだけど、六平さん、いるのかい」

おりきの声がした。

「おう。なんなら上がってもらってくれないか」

六平太は腰を上げて、六畳間から隣りの茶の間に移動した。

そこへ、台箱を下げたおりきを先頭に、甚五郎と穏蔵が姿を現した。

「留守中に、訪ねていただいたようで」

そう挨拶をすると、甚五郎と穏蔵が、六平太と向かい合わせになって膝を揃えた。

おりきは、三人から少し離れた部屋の隅に座り、台箱の引き出しから櫛《くし》などの道具を出して、広げた紙の上に並べ始める。

「秋月さん、豊松さんのお連れ合いとは会えましたんで？」

甚五郎が静かな声で尋ねた。

「会いまして、穏蔵の先行きをどうお思いか、じっくりと聞かせてもらいました」

静かに口を開いた六平太を、甚五郎も穏蔵も、それにおりきまでもが注視した。

「おすがさんから聞いた話だと、穏蔵の今後のことについては、半年も前から豊松さんとの間で話をしていたそうだよ」

「半年も前からですか」

「はい」

六平太が甚五郎に返事をすると、穏蔵はなにか言いたげに口を開きかけて、やめた。

「豊松さん夫婦が何度も話をした末に行きついたのは、穏蔵に養蚕を押し付けるのはやめようということだったそうです。このまま毘沙門の若い衆として修業を積むもよし、ほかに進む道を見つけたらその道を行くもよしと、二人でそう決めてから一月後に、豊松さんは命を落としなすった」

六平太の話に、穏蔵はふっと顔を伏せた。

「それで、養蚕の方はどうなさるんですかねぇ」

甚五郎が、気遣わしげな声を洩らした。

「豊松さん夫婦はそのことも話し合っていたようで、おすがさんの実の兄さんの次男坊に継いでもらう手はずになっていたそうです」

六平太はそういうと、穏蔵に、

「その甥っ子を、お前は知ってるのか」

問いかけた。

「散田の、与八郎《よはちろう》さんです」

穏蔵は、軽く顔を伏せ、

「与八郎さんは、お蚕が繭玉《まゆだま》を作り始めるひき拾いの頃合いをよく知っていて、お義父っつぁんにも褒められていました」

　か細い声でそう口にした。

「向こうはそういう運びになるようだから、お前が八王子に帰る家はないってことだ。この先のことは、お前がよくよく考えて決めなくちゃならねぇってことなんだぜ」

「はい」

　六平太に返事をした穏蔵の声は、少し掠《かす》れていた。

「親方と少し話したいことがあるから、お前は先に桜木町に戻ってな」

　六平太がそういうと、甚五郎は穏蔵に向かって小さく頷いた。

「それでは」

　軽く辞儀をした穏蔵は、茶の間を出た。

　出入り口の戸が開け閉めされ、穏蔵の足音が遠ざかった。

「親方、本人には言いませんでしたが、おすがさんはなにも穏蔵を突き放したってことじゃないんですよ。養蚕を継ぐことになった甥っ子とも話し合って、もし、穏蔵が八王子に戻りたいということなら、いつでも喜んで迎え入れるとも言っていました」

「それをどうして、さっき穏蔵さんに言ってやらなかったんですよぉ」

　おりきから、非難じみた声が向けられた。

「いつでも帰れる場所があると思えば、甘えが出るもんだ。己の行く道ってものは、退路を断ったうえで決める方がいいと思ったまでさ」

六平太はつい、むきになった物言いをした。

すると、

「やっぱりね」

と、櫛に付いた油を紙で拭《ふ》いていたおりきが、小さく笑みを浮かべた。

「秋月さん、そのことは、わたしも腹に納めておきますよ」

甚五郎は真顔を六平太に向けると、大きく頷いた。


六平太は、おりきの家を一緒に出て来た甚五郎とは桜木町で別れ、江戸川橋へと足を向けていた。

しばらく留守にしていた浅草元鳥越の『市兵衛店』に戻ることにしたのだ。

先刻、七つの時の鐘が聞こえたから、『市兵衛店』に着く時分はすっかり日暮れているのかもしれない。

六平太が江戸川橋に差し掛かった時、袂《たもと》に立つ柳の木陰から人影が飛び出して、行く手に立ちはだかった。

羽織袴姿の丹二郎は、目を吊《つ》り上げて六平太を睨みつけているが、今すぐ斬《き》りかかろうという気配は見えない。

「おれを付け狙《ねら》っているのか」

六平太がからかうような声を向けると、

「お前はいったい、何なのだっ」

丹二郎は、挑みかかるように大声を張り上げた。

「深川では女どもの酒の席に呼ばれたかと見れば、桶川に行く小娘の付添いを四十八文という値で引き受けもした。馬鹿者かと思えば、立身流兵法の四谷の道場では師範代だというではないか。どういうことなんだっ。音羽に向かったと聞いてこの辺りで聞き回ってみれば、髪結いの家に転がり込んでは居酒屋での飲み食いと、締まりのない生き方をしている。いったい、おぬしの本性はいずれにあるのかっ――！」

「お前さん、おれに何をいいたいんだよ」

焦れた六平太が口を挟むと、

「つまり、あれだ」

丹二郎は口籠《くちご》もった。

「おれは急ぐから」

六平太は、両足を踏ん張って立っている丹二郎の脇をすり抜けて江戸川橋を渡り始めた。

「秋月殿、我が屋敷の道場の師範にならんか」

丹二郎の声が六平太の背中に突き刺さった。

「いや。なんとしても師範として招きたいのだ」

思い詰めた声に、六平太は足を止めて丹二郎を振り向き、

「師範の岩藤殿は承知しておいでか」

「岩藤の思いなどどうでもよい。永井家の道場の規律運営の一切は、兄とこのおれの采配《さいはい》に任されているんだ。どうだっ」

丹二郎の様子からは、その場しのぎの出まかせとは思えないが、六平太は首を捻《ひね》って、

「深川の料理屋で牙を剝いてたお前さんを見たおれとすれば、その変わりようは、ちと薄気味悪いな」

と、苦笑いを浮かべた。

咄嗟《とっさ》に何かいいかけた丹二郎は、大きく息を吸うと、

「気ままに生きる浪人には分かるまいが、武家に生まれても、家督《かとく》を継げぬ次男や三男は、養子の口が掛かるか仏門に入るしか先はないのだ」

苦しげな声を六平太にぶつけた。

「それらが叶わなければ屋敷に残って、厄介者《やっかいもの》と呼ばれて息を詰めるしかないことはおれも知ってる」

六平太は穏やかに応えた。

「そんな身の上故《ゆえ》、たまには屋敷の外で憂《う》さを晴らしたくなるんだ」

「だからなんだ」

六平太は少し声を尖《とが》らせた。

「だからつまり、当家の道場を預かる者の一人として、門人たちにはもっと強くなってもらいたいのだ。多くの旗本家の道場のなかにあって、優秀な剣の使い手を育て、対抗試合に於《お》いても我が永井家の強さを世に知らしめたいのだ」

丹二郎はさらに熱く語った。

「そんな務め、おれには無理だな。ほかを当たってくれ」

六平太は踵を返した。

「月々、三両。いや、五両ではどうだ」

丹二郎の言い値にはひかれるが、

「忙しくて、どうにも手が回らんのだ」

背中を向けたままそう返答すると、六平太は大股《おおまた》で先を急ぐ。

「おれは、諦めんぞ」

遠吠《とおぼ》えのような丹二郎の声は届いたが、後を付けてくる気配はなかった。

四

夜の帳《とばり》に包まれた『市兵衛店』は静かである。

住人の大方は夕餉を済ませ、使った器などの片付けもすっかり済ませた時分だった。

いつもより遅く帰ってきた大道芸人の熊八が、さっきまで井戸端で水を使う音を立てていたが、その音も止んでいる。

ほどなく五つという頃おいである。

音羽を出た六平太が浅草元鳥越の家に着いたのは、六つを過ぎた時分だった。

佐和とおきみと勝太郎が夕餉を摂っている最中に辿《たど》り着き、六平太はお相伴に与《あずか》ることが出来た。

夕餉の片付けなどを済ませた佐和が、おきみと勝太郎を連れて二階へ上がって行くとすぐ、六平太は長火鉢を前にして、湯呑に注いだ冷酒を口に運び始めていた。

微かに鐘の音が届いた。

浅草か上野東叡山《とうえいざん》の時の鐘が、五つを打ち始めたようだ。

「寝かしつけたわ」

階段を下りてきた佐和がそういうと、長火鉢に掛かっている鉄瓶にそっと手を触れる。

「お湯冷めてるけど、沸かしておきますか」

「いや、いい。最後まで冷で飲む」

六平太が返事をすると、佐和は流しの傍にあった釜を板張りに移し、一合枡《ます》で米櫃《こめびつ》の米を掬《すく》って釜に入れる。

佐和には、夜のうちに朝の支度をする生真面目《きまじめ》さがあった。

二人暮らしをしていた時分、妹のそんな堅い性分に閉口することもあったが、人の女房になった今も、それは変わることはないようだ。

「今晩は、平尾《ひらお》でございますが」

外から遠慮がちな多津江《たつえ》の声がした。

土間に下りて戸を開けた佐和が、

「兄上、平尾様ご夫婦が」

そういうと、平尾伝八《でんぱち》と多津江夫婦を土間に招じ入れた。

「なにごとですか」

六平太は、夫婦に笑いかけた。

「やっぱり飲んでおられましたな」

「夕餉の余りものがありましたので、秋月様の酒の肴《さかな》にどうかと宅が申しますものですから」

多津江が、手にしていた底の深い中皿を框《かまち》に置いた。

「それはありがたいが、なんなら平尾さん、うちで少しやりませんか」

六平太は、長火鉢の縁《へり》に置いていた通徳利《かよいとっくり》を摑《つか》むと、誘うように掲げた。

「お誘いはありがたいのですが、明日の付添いは、早いものですから」

辞退した伝八は、芝神明宮の祭りに行く娘二人の付添いがあるので、日の出前に『市兵衛店』を出なければならないのだと、苦笑いを浮かべた。

天照大神《あまてらすおおみかみ》と豊受大神《とようけおおみかみ》の二柱を祭神とする芝神明宮《しばしんめいぐう》の祭りは『関東のお伊勢《いせ》様』と呼ばれ、九月十一日から二十一日まで、休むことなく続けられることから、『だらだら祭り』とも言われ、例年大いに賑わうのだ。

祭りの期間、境内《けいだい》には芝居小屋、見世物小屋、矢場、陰間茶屋などが立ち並ぶ盛り場と化して活況を呈するが、喧嘩騒ぎも頻発した。

「娘御二人は贔屓《ひいき》の役者がいるようで、朝一番から芝居小屋を目指すそうです」

伝八はそういうと、

「夜分にお邪魔しまして」

と辞去の挨拶を口にした多津江と共に路地に出て、戸を閉めた。

「むかごやこんにゃくの煮物ですよ」

佐和は、多津江が置いて行った中皿を長火鉢の縁に置く。

「美味《うま》そうだ」

六平太がそう口にすると、流しに立った佐和が箸《はし》を持ってきて皿に置く。

「わたし、『市兵衛店』に来て以来平尾様ご夫婦を見ていますけど、お二人の暮らしぶりにはいつも感心しています」

「ほう」

こんにゃくを口に入れた六平太は、気のない声で答えた。

「いつ依頼が来るのかもしれない付添い仕事をする平尾様を、多津江さんは不満を口にすることなく洗濯屋の仕事を請け負って支えておられる。平尾様にしても、手が空けば、多津江さんの洗濯仕事を手伝っておいでになるのが、なんともほほえましく映ります」

「うん」

「兄上」

佐和の呼びかけに、六平太は湯呑に酒を注ぐ手を止めた。

「一人で年を取ることの不安というものをお感じになることはありませんか」

「いきなりなんだよ」

笑ってそう口にした六平太は、佐和の真顔に面くらって笑みを消した。

「いつまでも体が動くと思ってはいけないような気がします。怪我を負ったり、病に倒れることもあるでしょう。そんな時、寄り添ってくださるお相手がいれば心強いのではないかと思うんです。音吉さんや子供たちと暮らしを続けて、しみじみそう思うし、お隣りの平尾様ご夫婦を見ていても、わたしはつくづく」

そこまで口にして言葉を飲み込んだ佐和は、膝に置いた手に眼を落とした。

「分かってるよ。おれだって、のほほんと生きてるわけじゃねぇさ。心配するな」

「なら、いいのですけど」

顔を上げて、佐和は湿りっけのない物言いをした。

「実は今日、大身《たいしん》の旗本家の倅から、屋敷にある道場の師範にならないかと誘われてな」

佐和の不安を払拭《ふっしょく》出来ればと、つい口にしてしまい、

「その給金は月々五両というんだが、今更武家勤めというのがなぁ」

六平太は慌てて言葉をつなぎ、首を傾《かし》げてみせた。

「お受けなさいまし」

背筋を伸ばした佐和がそういうと、

「それで暮らしを整えて、所帯をお持ちになるべきです」

重々しく口にした。

「いや、しかし」

「お相手なら、おりきさんがおいでになるじゃありませんか」

佐和の声音には、脅しとも思える響きがあった。

『市兵衛店』の路地は日が翳《かげ》っていた。

近隣の商家や寺の屋根には、西日が射しているが、六平太の住む二階家の陰になって、路地は早々と日陰になるのだ。

八つ半を四半刻（約三十分）ばかり過ぎた刻限かもしれない。

路地から家に飛び込んだ六平太は、土間に立ったまま水甕《みずがめ》の蓋《ふた》を取り、柄杓《ひしゃく》に汲《く》んだ水を口に含んだ。

「あれ、秋月さんお帰りでしたか」

向かいの家から出てきたばかりらしい三治が、山吹《やまぶき》色の羽織の両袖《りょうそで》を奴凧《やっこだこ》のように左右に広げて、家の中を覗《のぞ》き込もうとしている。

「朝方大家さんに聞いたら、佐和さんたちと浅草に出かけたなんて聞いたもんですから」

「聖天町の家の様子を見るついでに、掃除に駆り出されたんだよ」

「誰かいるような気配はありませんが」

「佐和はもう少し用事があるからって、子供二人をつれて先に帰ってきたんだ」

「おきみちゃんたちは」

三治が、戸の隙間《すきま》から顔を突き入れた。

「お常《つね》さんから声が掛かって、そっちに上がり込んでるよ」

「そしたら御免なさいまし」

三治は、六平太の返事も聞かずに、するりと土間に入り込み、

「ちと、お知らせしなきゃならないことが持ち上がりましたので」

声をひそめて、自分の額を鼓のようにパチンと打った。

「掛けなよ」

六平太はそう言って板張りに上がり、胡坐《あぐら》をかく。

框に腰掛けた三治は、体を捻って六平太を向くなり、

「『いかず連《れん》』のお一人、料理屋『村木屋《むらきや》』のお紋《もん》さんと、わたし、ただならぬ間柄になってしまいまして」

蚊の鳴くような声を出した。

「なに」

六平太はつい、かすれ声を発した。

「お紋さんから相談事があると言われていることは、秋月さんには伝えていたと思い

ますが」

「あぁ」

その件を、以前聞かされていた六平太は頷いた。

六平太が音羽に行った次の日の夕刻、三治はお紋に呼び出されて、小網町《こあみちょう》と箱崎《はこざき》を繋《つな》ぐ崩橋《くずればし》の袂にある船宿に行ったという。

「料理を食べ、酒を飲むうち、お紋さんの口から、自分の身の上の不遇がぼろぼろとこぼれ出たんですよ。壬申《じんしん》の年生まれの自分は、悪縁に祟《たた》られる定めだとかなんとかってね」

三治が言ったことは、以前、六平太もお紋の口から聞かされた覚えがあった。

「壬申の年生まれの女には邪気があり、良縁が得られない祟りがあるというんですよ。それで仕方なく、『いかず連』に入る羽目になったそうなんですが、とある易者から、その邪気を祓《はら》う手立てを聞いたので、なんとか助けてくれないかと泣きつかれてしまいまして」

眉間《みけん》に皺《しわ》を寄せた三治は、重々しい顔つきをして頷いた。

「それは」

その手立てというものに心当たりはあったが、六平太は惚《とぼ》けることにした。

「男の精気というものを体の中に注いでもらえば、邪気が祓われるというと、まるで崩れ落ちるようにして、わたしの膝にのしかかって泣きじゃくるじゃありませんか。その必死さが哀《あわ》れで、わたしはとうとう頼みを聞いてやりました」

そう語った三治の顔は、あくまでも真剣そのものだった。

「それで、邪気は祓えたのか」

「昨日も会いましたが、邪気が去ったかどうかは分からないといってました。それでまぁ、邪気を追い出すまで、時々、お祓いをしようじゃないかということになった次第でして」

おもむろにそういうと、三治は頷いて見せた。

その時、開いていた戸口の外に人影が立ち、

「秋月さんのお宅はこちらで？」

小箪笥《こだんす》を背負った物売りの男が、会釈をした。

「それじゃ秋月さん、あたしはこれで」

そう言って路地に出て行った三治は、

「おや、お前さん煙草《たばこ》売りだね。いい匂《にお》いがするよ」

戸口の物売りに声を掛けると、トテチントンシャンなどと口三味線を鳴らしながら、木戸の方へと去って行った。

「神田岩本町《いわもとちょう》の『もみじ庵《あん》』さんから言付けを頼まれて立ち寄らせてもらいました煙

草売りで」

「そりゃすまねぇな」

「『もみじ庵』にお出で願えないかということでした」

「ありがとうよ」

六平太が片手を上げると、煙草売りはお辞儀をして戸口を離れた。


六平太が神田岩本町の口入れ屋『もみじ庵』に足を踏み入れたのは、七つという頃おいである。

おきみと勝太郎が上がり込んでいた留吉《とめきち》の家に顔を出し、『もみじ庵』に出かける旨をお常に知らせてから『市兵衛店』を後にしていた。

「いやぁ秋月さん、参りました」

帳場に着いていた忠七《ちゅうしち》が、六平太を見るなりぼやいた。

「え。おれのことか」

「今日の付添いをお願いしようと思わなくもなかったんですが、先日、平尾さんに聞けば、秋月さんは音羽に行っておいでというじゃありませんか。となると、二、三日はお戻りじゃないと諦めまして、今日の芝神明宮の付添いを平尾さんに頼んだのでございます」

「平尾さんから、娘二人の付添いだと聞いていたが」

「秋月さん、どうして音羽なんかに行ってたらしたんですかっ」

忠七の声には、怒りのような響きが籠められていた。

「親父、おれに分かるように話せよっ」

六平太がきつい声を投げかけると、忠七は肩を落として「はぁ」とため息をつき、

「実は」

と、口を開いた。

それによると、平尾伝八は今朝、京橋《きょうばし》近くの油屋の娘とその女友だちに付添って
『だらだら祭り』の最中の芝神明宮に行ったという。

娘二人の目当ては午前の芝居だけだったので、伝八は増上寺《ぞうじょうじ》や近隣の寺社を回って時を過ごし、九つ少しすぎに小屋の木戸口で娘二人を迎えた。

そして、神明門前の料理屋に上がり、昼餉のご相伴に与った。

昼餉の後、料理屋を出たところで、酒に酔った破落戸《ごろつき》どもが五人、娘二人にちょっかいを出し始めたのだ。

ところが、伝八は「やめなさい」というだけで、破落戸どもの狼藉《ろうぜき》を止められないばかりか、殴られたり蹴《け》られたりして地面に転がされてしまった。

娘二人は必死に抗《あらが》ったが、破落戸どもに腕や帯を摑まれてどこかへ連れて行かれそ

うになった。

娘二人はたまたま祭り見物に来ていた、顔見知りの若い鳶《とび》たちによって、無事助け出されたのだった。

「さっき京橋の油屋の主がなんのために付添いを頼んだと思ってるんだと怒鳴り込んできて、付添い料は辞退する羽目になりまして」

悔しさを思い出したのか、忠七は唇を嚙んだ。

「それで、わたし、平尾さんに言いましたよ。腰の刀はなんのために差してるんですかって。こういう時こそ、腰のものに物を言わせてくださいよと。じゃないと、今後一切、付添いの仕事は回せませんと、心を鬼にして申し上げておきました」

冷静に喋《しゃべ》ろうと努めた忠七の鼻の穴が、大きく広がっていた。

『市兵衛店』の木戸を潜《くぐ》った六平太は、人けのない井戸端でふと足を止めた。

夕闇の迫っている井戸の回りや路地に、微かに煮炊きの煙が漂っている。

留吉の家をはじめ、大家の孫七の家や平尾夫婦の家、六平太の家の連子格子《れんじごうし》の中に明かりが灯っていた。

「ごめんよ」

平尾伝八の家の戸口に立った六平太が、小声を掛けた。

中からすぐに戸を開けた多津江が、

「あなた、秋月様が」

奥の方に顔を向けた。

板張りの奥の方で横になっていた伝八が、もぞもぞと起き出し、膝を揃えると小さく頭を下げた。

「どうぞ」

六平太を土間に入れると、多津江は板張りに上がる。

「芝神明の一件は、『もみじ庵』の親父から聞きましたよ」

框に腰掛けるとすぐ、六平太は口を開いた。

「剣術くらい出来ないと仕事は回せないと言われたようで」

多津江は、膝に置いた両手を軽く揉《も》み合わせた。

「だったら、明日からでも剣術を始めますよ。人斬りと言われようと何と言われようと、稽古に励みますよ」

伝八が投げやりな物言いをした途端、

「本気ですかっ。それでいいんですかっ」

多津江の口から厳しい声が飛んだ。

その声に、伝八は顔を俯ける。

「人を斬るための剣術など学ぶことなど出来ぬという信念を曲げなかったからこそ、わたしの父とぶつかり、離縁を迫られたのではありませんか。今になってその信念をお捨てになるなら、国にいるうちにそうすればよかったのです」

多津江の言葉に、伝八は何一つ口も利かない。

「平尾さん、自棄《やけ》になっちゃいけません」

六平太は努めて穏やかに口を出したが、伝八は身じろぎもしない。

「それに、剣を人斬り包丁くらいにしか思っていないような人に、剣術を学んでもらいたくもねぇというのが、おれの本音ですよ」

六平太がさらに言葉を重ねると、伝八はふと顔を上げかけたが、やめた。

「そんなおれも、若い時分はむやみに刀を振り回していましたがね。ところが、稽古に努め、人より強くなってきて、やたらに刀を抜かなくてもいいってことに気付いたんだ。人を斬らなくても、勝負に勝てるということを知ったよ。腕に自信がつくと、腹が据わるんだ。据わった腹で相手と向き合うと、気迫で勝つこともある。それが、剣術の極意だと思うよ。だから、平尾さん、剣術をそんなに忌み嫌わないでもらいたいね」

「秋月様の仰《おつしや》る通りです。無理して剣術に励むのはおやめください。付添いの実入りはよいかもしれませんが、誰にでも向くという仕事ではないようです。わたしも今まで以上に洗濯の仕事を請け負いますから、あなたはあなたに出来る仕事をお探しください。車曳《くるまひ》き、傘張り、納豆売りに蜆《しじみ》売りもよいではありませんか」

多津江がそう言い放つと、伝八は無言のまま、がくりと首を折った。

五

野分《のわき》の前触れだろうか、雲の動きが速い。

浅草元鳥越界隈《かいわい》は、夜明け前から風が吹き抜けていた。

日の昇った五つ半という刻限になっても、武家地の木々の葉が風を受けてざわざわと音を立てている。

『市兵衛店』を後にした六平太は、甚内橋《じんないばし》を渡ると、肥前平戸《ひぜんひらど》藩松浦《まつうら》家屋敷の南端で左に折れて神田川の北岸に出た。

神田川に沿って湯島《ゆしま》へと進み、音羽に行くつもりである。

昨日、『もみじ庵』の帰りに平尾家に立ち寄った六平太は、

「お留守の間に毘沙門の親方の使いで若い衆が見えました」

家に帰るとすぐ、佐和からそう告げられた。

『明日、用事がなければ桜木町にお出で願いたい』

そんな甚五郎の言付けに応じて、六平太は歩を進めていたのである。

新シ橋《あたらばし》の袂から向柳原《むこうやなぎわら》の通りを和泉橋へと向かっていると、対岸を六平太に歩調を合わせるように進む深編笠《ふかあみがさ》を被《かぶ》った羽織袴の侍に気付いた。

和泉橋《いずみばし》の袂でゆっくりと歩を止めると、対岸の深編笠の侍も立ち止まった。

するとすぐに、深編笠の侍は和泉橋へと進み、六平太の方に向かって橋を渡り始めた。

一間（約一・八メートル）ほどの間合いを取って立ち止まった侍が、ゆっくりと深編笠を取ると、頬骨の張った岩藤源太夫の顔が現れた。

「おれを見張る暇が、よくあるもんだな」

薄笑いを浮かべた六平太が口を利くと、

「おぬし、永井家の道場の師範にと乞《こ》われたか」

岩藤は抑揚のない声を投げかけた。

「おれは、忙しいと言って断わった。だから、お前さんが仕事を失うことはないよ」

六平太がそういうと、岩藤は微かに眉をひそめた。

「だがわしは、師範の座を、いや永井家の道場を追われそうだ」

「そんなことは、おれの知ったこっちゃない」

「いや、あの丹二郎めが、お主の腕に執心しているっ」

「おれのせいじゃあるまい」

「いや、お主のせいだ。そのせいで道場を追われたとあっては、剣術を生業《なりわい》とするわしの面目が立たぬっ！」

絞り出すような声を発した岩藤は、深編笠を落として刀の柄《つか》に手を掛けた。

「やめとけ」

「お主も抜け」

岩藤はいつでも刀を抜けるよう半身に構えた。

「おれは今、先を急いでいる」

六平太が西の方を指さすと、

「逃げるのか」

岩藤は刀に手を掛けたまま、すっと腰を落とす。

「まっ昼間、この辺りで剣を抜き合えば、辻《つじ》番所の番人がお屋敷に知らせに走るぜ。そうなれば、すぐ近くの佐竹《さたけ》、板倉《いたくら》家はじめ、藤堂《とうどう》家上屋敷から侍たちが飛びだしてくることになるが、それでもいいのか」

六平太が鋭く口にしたことは、出鱈目《でたらめ》ではない。

佐久間河岸《さくまがし》近辺は、町家と武家屋敷が混然としていた。

現に、橋の袂で睨み合っている二人に眼を留める者や離れたところから様子を見ている野次馬の姿がちらほら見受けられる。

それに眼を遣った岩藤が刀から手を放したのを見た六平太は、

「とにかく、先を急ぐ」

そう言い放って、筋違橋《すじかいばし》の方へ足を向けた。


本郷通りから壱岐殿坂《いきとのざか》を下った六平太は、伝通院《でんづういん》門前から神田上水沿いの道を小日向水道町へと急ぎ、四つ半には音羽桜木町に着いた。

四つ半までには音羽に行く旨の甚五郎への言付けを、菊見で賑わう巣鴨に行くという熊八に今朝早く託していたのだが、なんとかその刻限は違《たが》えずに済んだ。

護国寺の門前に延びる参道をほんの少し行ったところに甚五郎の家がある。

「邪魔するよ」

戸を開けて土間に足を踏み入れた六平太が声を掛けると、

「おいでなさい」

板張りで六助《ろくすけ》とともに竹箒《たけぼうき》の修繕をしていた竹市《たけいち》から声が飛び、すぐに、

「佐太郎兄ィ、秋月さんですっ」

と、六助が声を張り上げた。

するとほどなく、

「秋月さん、お上がりください」

奥から顔を出した佐太郎に勧められるまま、土間を上がった。

「こちらへ」

佐太郎に案内されたのは、先日、作蔵と対面した時に通された部屋だった。

「こりゃ秋月さん、急なことで申し訳ありませんでした」

佐太郎と部屋に入るとすぐ、穏蔵を伴った甚五郎が、追うようにして入ってきて詫びを口にした。

「それじゃ、わたしは帳場のほうで」

そう断わって、佐太郎は部屋を出て行った。

「実は、小間物屋『寿屋』の八郎兵衛さんから、穏蔵と関わりのある方々に話しておきたいことがあると頭を下げられまして、それで急遽《きゅうきょ》お出で願うことになったわけでして」

甚五郎がそういうと、穏蔵は六平太にそっと頭を下げた。

「八郎兵衛さんをお連れしました」

廊下から佐太郎の声がして、障子が開いた。

すると、腰を低くした八郎兵衛が部屋に入り、障子は廊下の佐太郎が閉めた。

「皆様、今日はお集まり下さいまして、まことにありがとう存じます」

四人で車座になるとすぐ、八郎兵衛が神妙な口を利いた。

「それで、八郎兵衛さん、話というのは」

甚五郎が、やんわりと促すと、

「先日、穏蔵さんの今後に関わる話の場で、わたしは、ただただ『寿屋』の暖簾を続けたいがためだけに婿にするかのようなことを口にしてしまったのではないかと思い直し、改めて私の思いを聞いていただこうと思ったのです」

八郎兵衛は深々と頭を下げた。

「跡継ぎになるはずの長男寿八郎《じゆはちろう》は、修業にやった京の都の小間物屋で、ありがたいことに出入りの染物屋さんに見込まれて、婿になってしまいました。小間物屋『寿屋』の暖簾を守るには、娘の美鈴に婿を取るほか、手立てはありませんでした。ですが、わたしは、ただ、代々続いた家業を守りたいとか、暖簾を下ろしたくないという身勝手や見栄《みえ》のために、穏蔵さんにしがみついたわけではないのです。人柄です。まがりなりにも表通りに店を構える『寿屋』ですから、婿のなり手は探せば見つかるかもしれません。婿にと望めば、これ幸いと承知するお人もおりましょう。お店を継ぐというのは、それくらいの気概や欲を持って当然なのだと、わたしはずっと信じておりました。ところが、一旦《いつたん》婿入りを承知した穏蔵さんは、『寿屋』の暖簾を継ぐ器ではないとか、人として未熟だとかを口にして、断わられました。その時の穏蔵さんの真摯《しんし》な物言いや物腰から、しみじみと誠実さを感じたのでございます。己を未熟と言えるなど、正直で立派じゃありませんか。そんな人こそ、商いの看板になるのだとつくづくそう思います。店構えの正面に立派な金箔で飾った看板を掲げるのもいいでしょうが、『寿屋』の看板は、なんとしても穏蔵さんの人柄でなければならないと思い至ったのでございます」

言い終えて、八郎兵衛は畳に手を突いた。

八郎兵衛が口にしたことに、六平太はいささか感心していた。

人柄を看板にするなど、面白いではないか——腹の中でそう呟いて、六平太は、穏蔵をそっと窺う。

すると、同じように穏蔵に眼を遣っている甚五郎に気付いた。

「穏蔵さん、返事は今すぐとはいいません。わたしの思いをあれこれ斟酌《しんしゃく》してからでも」

「旦那さん」

穏蔵が、八郎兵衛の言葉を静かに断ち切った。

そして、

「親方、秋月様、わたしは、『寿屋』さんのお世話になろうと思います」

意気込むこともなく、穏蔵は淡々とそう述べた。

「穏蔵、おれに否やはないよ」

甚五郎はそういうと、穏蔵に頷いて見せた。

「おれは、一切を親方に任せてるから」

六平太は、静かにそう述べた。

養父の豊松が続けていた家業の養蚕は、養母の甥が継ぐことになっていたから、八王子の養家に憂いはなくなっている。穏蔵の決断は、これでよかったのかもしれない。

「ありがとう。ありがとう」

八郎兵衛は、額を畳にこすり付けたまま、礼の言葉を何度も繰り返した。


居酒屋『吾作』の提灯の明かりはすでに消され、暖簾も店内に仕舞われている。

ほんの少し前に客は出て行って、六平太とおりきと甚五郎、それに仕事を終えた菊次が奥の卓に着いて、酒を酌み交わしていた。

菊次の女房のお国は、倅の公吉を寝かせに連れて行ったまま戻って来ない。おそらく、添い寝をしたまま自分も寝入ったに違いない。

ほどなく、四つの鐘が鳴る時分である。

六平太とおりきが飲み食いを始めてから、かれこれ一刻（約二時間）ほどが経っている。

「しかし、穏蔵の奴《やつ》、よく決心したじゃありませんか」

そういうと、菊次は盃を呷った。

「そのうえ、当分は住み込みで修業をすると言い出すなんて、見上げたもんだよ」

おりきは、感心したように首を傾げた。

「わたしはまだ十五です。まずは、小間物屋の仕事を覚えるためにも、住み込みで奉公することから始めたいと思います」

甚五郎の家で婿入りを承知した穏蔵は、六平太たちの前で思いを述べたのである。

さらに、商いは自分が思うほど生易しいものではないとも口にした。

修業をする間に、八郎兵衛の眼から見て商人には向かないと思った時は、いつでも遠慮なく『寿屋』から追い出してくれとも、穏蔵は述べたのだ。

「それで、穏蔵はいつから『寿屋』に行くんです」

「『寿屋』の支度が整い次第、うちから出ることになるよ」

「親方、寂しくなりますねぇ」

おりきがからかうと、

「なぁに。遠くへ行くわけじゃないからねぇ」

片手を打ち振った甚五郎は、六平太の盃に酒を注いだ。

「大した荷物もないだろうから、家移りは身一つで楽なもんだろうよ」

そういうと、六平太は甚五郎が注いでくれた酒を口に運んだ。

「しかし、穏蔵の奴、年の割にしっかりしてますね」

菊次が感心したような口を利いた。

「親がなくても子は育つというのは、間違いじゃありませんね」

甚五郎がぽつりと洩らすと、六平太を見たおりきが、小さく笑みを浮かべた。

「おれだって、親もいねぇのによく育った口だがね」

菊次が穏蔵と張り合うような物言いをすると、六平太は声を上げて笑った。

「おぉ、月が出てるねぇ」

表から、酔った男の声がした。

「十三夜だったか」

「馬鹿、そんなもん、とっくに過ぎてらぁ」

言い合う男たちの声が次第に遠のいていった。

朝から吹いていた風は、知らぬ間に収まっていた。

第四話　闇討ち

一

あと七日もすれば、季節は秋から冬になるという頃《ころ》おいである。

朝晩はかなり冷え込むようになっていた。

九月になってすぐに同居することになった妹の佐和《さわ》が、暗いうちから朝餉《あさげ》の支度をする音を階下の寝床で聞いてはいたが、掻巻《かいまき》の暖かさが心地よく、ついうとうとしてしまった。

六平太《ろっぺいた》が二度寝から目覚めたのは、『市兵衛店《いちべえだな》』の路地が朝日に輝く時分だった。

「あ。おじちゃんが目を覚ました」

目覚めて寝返りを打った途端、おきみの声がした。

六平太は身を起こすと、戸口から一番遠い板張りに敷いた寝床で軽く伸びをした。

「おはよう」

茶碗《ちゃわん》と箸《はし》を手にしていた佐和から声が掛かった。

「おはよう」

佐和の隣りに座っていた勝太郎《かつたろう》からも挨拶《あいさつ》を受けた六平太は、

「おう」

片手を上げて、返事をした。

佐和と二人の子供は、長火鉢を囲んで朝餉を摂《と》っていた。

「すぐに朝餉にしますか」

「いや。まだいい。少し動いてからじゃないと、腹は空《す》かねぇようだ」

そう言って立ち上がった六平太は、薄縁《うすべり》と掻巻を重ねたまま三つに折りたたむと、板張りの隅に押しやり、寝巻の上から上っ張りを羽織った。

「昨夜はさぞかし、ご馳走《ちそう》を召し上がったんでしょうね」

佐和の物言いに嫌味な響きはなかった。

「え。おじちゃん、どうして」

「兄上とは古いお付き合いの木場《きば》の材木屋さんだもの、きっとご馳走が出たはずよ」

おきみの問いに答えたのは、笑みを浮かべた佐和だった。

佐和のいうとおり、昨夜は木場の材木商『飛驒屋《ひだや》』で酒と料理のもてなしを受けたのである。

六平太は昨日、赤坂円通寺坂《あかさかえんつうじざか》の上り口にある浄土寺《じょうどじ》に墓参に行くという、小伝馬《こでんま》町《ちょう》の履物屋の母と娘の付添いを請け負っていた。

その付添いを昼頃には終え、その報告に口入れ屋『もみじ庵《あん》』に立ち寄ると、主《あるじ》の忠七《ちゅうしち》に、深川黒江町《ふかがわくろえちょう》に嫁いでいる実の妹に届けてもらいたいものがあると頭を下げられた。

芝神明宮《しばしんめいぐう》の祭りに行ったという町内の知り合い数人から、土産《みやげ》の生姜《しょうが》をもらったが、忠七の家で使い切るには多すぎた。それで、毎年、生姜の味噌《みそ》漬けを作っている妹に届けてやりたいとのことだった。

頼みを引き受けた六平太は、深川黒江町で指物師《さしものし》の女房になっている忠七の妹に生姜を届けると、永代橋《えいたいばし》に引き返そうとした足を、ふっと止めた。

「深川にまでお出《い》でになって、秋月様はどうして、ほんの少し先のわたしの家にお寄りにならなかったのかって、ついこの前、おっ母《か》さんがそんなことを口にしていたものですから」

今月の始め頃、『飛騨屋』の娘、登世《とせ》からそんな嫌味を言われたことを思い出した。

母親のおかねが口にしたと言ってはいたが、それは考えられぬことだった。

『飛騨屋』一家との付き合いは五年ほどにもなるが、おかねというお人が、人を謗《そし》ったり悪口を口にしたりする様を、六平太が眼《め》にしたことは一切なかった。

先日、『いかず連《れん》』の一員であるお紋《もん》とその父親の招きで、永代寺門前の料理屋に上がったにもかかわらず、少し先の『飛騨屋』に足を向けなかったことが、『いかず連』の主宰者である登世には、いささか腹立たしいことだったのかもしれない。

登世からのあらぬ疑いを避けるためにも、昨日は『飛騨屋』に足を延ばすことにした。

挨拶をしたら引き上げるつもりだったのだが、主の山左衛門《さんざえもん》とおかねに引き留められて、夕餉を共にする羽目になったのである。

佐和が言ったように、『飛騨屋』の夕餉の膳《ぜん》にはご馳走が並んだ。

山左衛門に勧められるまま、かなりの量の酒を飲んで浅草元鳥越《もととりごえ》に帰って来たのだが、下り酒の上物だったようで、悪酔いもせず、昨夜はぐっすりと眠れた。

「ごちそうさま」

そう言って佐和が箸を置くと、

「ごちそうさま」

と、おきみも勝太郎も箸を置く。

「おきみ、流しの桶《おけ》を持ってきて」

「はぁい」

立ち上がったおきみはてきぱきと動き、流しから持ってきた桶を長火鉢の猫板に置く。

「ありがと」

佐和の声に「うん」と答えたおきみが、とんとんとんと階段を上がっていくと、勝太郎も後に続いて二階へと上がって行った。

土間の草履《ぞうり》に足を通した六平太が、竈《かまど》の脇《わき》に干してあった手拭《てぬぐ》いを取って肩にひっかけた時、

「そうそう。昨夜、兄上が『飛騨屋』さんに持たされたっていう生姜は、井戸端で顔を合わせたお常《つね》さんや平尾《ひらお》様の奥様、大家の孫七《まごしち》さんに一株ずつ分けておきましたから」

空いた器や箸などを桶に入れていた佐和から声が掛かった。

「おれが生姜を持ってきたのか」

「ええ。帰りがけに、『飛騨屋』のお内儀から渡されたって、十株も」

「それならいいんだ」

そう呟《つぶや》いて、六平太は路地に出た。

忠七に頼まれた届け物の生姜を、間違えて我が家に持ち込んだのだろうかと、一瞬ひやりとしてしまった。

五つ（八時頃）を知らせる時の鐘が鳴り終わった頃、六平太は朝餉を摂り終えた。

「ご馳走さん」

手を合わせて箱膳に箸を置いたが、周りには佐和や子供二人の姿はない。

佐和は井戸端に出て行ったままだし、おきみと勝太郎は二階に上がったままだ。

箱膳に載っていた湯呑《ゆのみ》を手にして茶を飲むと、口の中に残っていた生姜の辛味がひりひりとした。

佐和が用意した朝餉の膳には、『飛騨屋』から持ち帰った生姜が載っており、六平太は最前、それを口にしていたのだ。

寝起きの体をしゃきっとさせる生姜の辛味は、酒を飲んだ翌朝にはもってこいと言える。

子連れで同居している佐和のお蔭《かげ》で、朝餉夕餉の心配をしなくてもよく、六平太は大いに助かっていた。

茶を飲み干すと、湯呑を箱膳に置いた。

「おや、洗濯屋へお届けですか」

井戸端の方から、お常の声がした。

「えぇ」

返事をする多津江《たつえ》の声も聞こえた。

「平尾さんは、付添いのお仕事ですか」

そう問いかけたのは佐和である。

「ええ、まぁ」

伝八《でんぱち》の歯切れの悪い声が、六平太の耳に届いた。

「行ってらっしゃいましぃ」

『市兵衛店』の路地にお常の声が轟《とどろ》くとすぐ、洗ったばかりの器の入った桶を手に、佐和が土間に入ってきた。

「平尾さんも出かけたようだな」

「ええ。多津江さんの大きな風呂敷《ふろしき》を一緒に抱えて、表に向かわれたわ」

そう言いながら、佐和は土間を上がり、六平太の箱膳を流しに運んだ。

「秋月さん、いいかね」

開け放された戸口の外から声を掛けた留吉《とめきち》が、熊八《くまはち》と並んで顔を土間に突き入れた。

「二人ともまだいたのか」

六平太は思わず口にした。

大工の留吉も大道芸人の熊八も、いつもなら仕事に出かけている刻限である。

熊八は様々な色の染みのついた白い頭巾《ずきん》を被《かぶ》り、墨染の半纏《はんてん》に褌《ふんどし》という願人坊主《がんにんぼうず》の出で立ちである。

「今日は昼前に行けばいい仕事でしてね」

留吉が、六平太の不審に小声で答えた。

「お二人ともお入りください」

流しに立った佐和が促すと、留吉と熊八は土間に足を踏み入れた。

「秋月さん、実は平尾さんのことで気になることがありましてね」

そう囁《ささや》いた熊八は、相槌《あいづち》を打った留吉ともども框《かまち》に腰を掛けると、

「御蔵前《おくらまえ》、森田町《もりたちょう》の『よもぎ湯』で、時々平尾さんを見かけると声を掛けるんだが、昨日は、声を掛けそびれてしまったんですよ」

さらに声を低めた。

「どうして」

六平太もつい小声になった。

「平尾さんの肩や腕にはミミズ腫《ば》れのようなもんや、頰《ほお》の辺りには青あざがあるのを俺《おれ》も『よもぎ湯』で見たんですよ。その話をしたら、熊さんも見たというから、ひとつ秋月さんに話をしてみようじゃねぇかということになってね」

そういうと、留吉と熊八は頷《うなず》き合った。

そこへ、外から顔を突き入れたお常が、

「例の、平尾さんの傷痕《きずあと》の件だね」

小さく声にすると土間に入り込んだ。

「しかし、夫婦喧嘩《げんか》の痕とは思えねぇがねぇ」

独り言を口にした六平太は、ふと首を傾《かし》げた。

この四、五日の間に、一晩か二晩、夜中に「ウウッ」という男の唸《うな》り声のようなものを聞いた気がするのだ。

「それが隣りの平尾さんの家からのものかどうか、今でもはっきりとはしないんだがね」

六平太は、夜中に聞いた唸り声のことを打ち明けたあと、そう釘《くぎ》を刺した。

「平尾さんの傷も変だけどさ、このところ毎日、朝早くから出かけているのも妙だと思うんだよ」

お常が顔をしかめ、伝八が連日、六つ（六時頃）には家を出て行くのだと口にした。

そのために、妻の多津江は早くから朝餉の支度にかかっているともいう。

「神田の口入れ屋と付き合いの長い秋月さんは、信用も得ておいでの上にきちんと仕事もなさる。その秋月さんでさえ、連日の仕事など滅多にないというのに、それはちと変ですな」

そういうと、熊八は両手を胸の前で組み、重々しく唸った。

「兄上、なにか『もみじ庵』さんに嫌われるようなことでもなすったんじゃありませんか」

「そんな覚えはない」

ほんの一瞬、思いを巡らせると、六平太は断言した。

仮に嫌われたとしても、『もみじ庵』の主、忠七が伝八に仕事を回すとは思えない。

先日、娘二人の付添いをしくじった伝八に、半ば失望していたのだ。

ドドド、おきみと勝太郎が階段を駆け下りてきた。

「なにごとよ」

佐和が声を張り上げると、

「物干し台からお父《と》っつぁんが見えた」

そういったおきみは、勝太郎と並んで流しの格子窓から路地を覗《のぞ》こうと、爪先立《つまさきだ》ちをした。

「ほんとにお父っつぁんだ」

路地に顔を突き出したお常はそう口にして表に出ると、

「あんたたち、土間をお空け」

土間にいる留吉と熊八に命じた。

路地に出た留吉、熊八はお常と並んで、

「音吉《おときち》さん、お久しぶり」

などと声を出して出迎える。

留吉たちが戸口から離れていくと、浅草十番組『ち』組の火消半纏を着込んだ音吉が土間に入り込んだ。

「義兄《にい》さん、お世話になってます」

「なんの」

笑って応《こた》えた六平太は、上がるよう勧めたが、

「これから用がありますんで、ここで」

音吉は框に腰を掛けた。

「これから、お茶《ちゃ》の水《みず》の火消役、旗本の内藤《ないとう》家の屋敷に出向いて、定火消《じょうびけし》を交えての何度目かの話し合いですが、なかなか埒《らち》があきませんで」

音吉は、苦笑いを浮かべた。

「相手方のお屋敷に行って、斬《き》り合いになったりはしないの」

おきみと勝太郎を傍《そば》に置いた佐和がさりげなく問いかけると、

「そんなことになりゃ、江戸中の何千という火消しが黙ってはいないってことは、向こうだって知ってることだ」

「あとは、どうやって、五分と五分で喧嘩騒ぎの折り合いをつけるかのせめぎ合いだ

な」

六平太が呟くと、

「ええ。両方の顔を潰《つぶ》さないような手立てを見つけるまで、まだ揉《も》めるかもしれませんので、母子《おやこ》三人をもう少しここに置いてもらいたいんですが」

音吉は六平太に頭を下げた。

「面倒くさい飯の心配もしなくていいから、おれは大助かりだが、お前たちはどうだ」

六平太が、おきみと勝太郎に眼を遣《や》ると、

「いいよ」

おきみは頷いたが、思案に苦しむような顔付をした勝太郎は、

「我慢する」

と口にした。

「我慢するとは、なかなか正直者だな」

ははははと笑い声をあげて、六平太はのけぞった。

神田川に架かる新シ橋《あたらばし》を渡った六平太は、柳原通《やなぎわらどおり》を突っ切って、豊島町《としまちょう》の小路に入り込んだ。

火消役を務めるお茶の水の旗本、内藤家へ行くという音吉を見送るとすぐ、六平太は身支度を整えて、『市兵衛店』を後にしたのだ。

神田岩本町《いわもとちょう》の『もみじ庵』に行って、親父《おやじ》の忠七に問い質《ただ》したいことがあった。

同じ『もみじ庵』に世話になっていながら、平尾伝八は毎日のように仕事に出かけているらしいと聞いては、心穏やかではなかった。

元岩井町《もといわいちょう》から藍染川《あいそめがわ》に沿って岩本町に向かっていた六平太は、弁慶橋《べんけいばし》に差し掛かった辺りで、『もみじ庵』からぞろぞろと出てきた顔見知りの男どもと出くわした。

「こりゃ秋月さん」

日に焼けた顔と丸太のような腕を剝《む》き出しにした男が、白い歯を見せて声を掛けてきた。

「仕事終わりか」

男どもに尋ねると、登城する大名の列に雇われた仕事を済ませたとの答えが返ってきた。

『もみじ庵』は、足軽をはじめ、挟《はさ》み箱持《ばこも》ち、乗り物を担ぐ陸尺《ろくしゃく》や若党など、大名や旗本の行列には欠かすことの出来ない連中を日雇いとして派遣している。

その他に、商家の女中、下男などの斡旋《あっせん》もしているが、武家からの人員の依頼は後を絶たないと聞いている。

六人の男たちの何人かは、この後、普請の材木運びや醤油屋《しょうゆや》の車曳《くるまひ》きに駆け付けるともいう。

「稼ぎなよ」

六平太が声を掛けると、「へい」とか「どうも」とかを口にした男たちは、両国西《りょうごくにし》広小路《ひろこうじ》の方へと足を向けた。

「ごめんよ」

菅笠《すげがさ》を取った六平太が、色の褪《あ》せた臙脂《えんじ》色の暖簾《のれん》を手で払って土間に足を踏み入れると、

「表の声は届いてましたよ」

板張りの帳場に着いていた忠七が、帳面を閉じると瞼《まぶた》の上から目の玉をぐりぐりと揉んだ。

「ちと聞きたいことがありましてね」

六平太は、帳場近くの框に腰を掛けると、

「おれのとこには、櫛《くし》の歯がぬけたようにしか仕事は回ってこないが、平尾さんは連日仕事に出かけてるのは、どうしてだろうね」

他人事《ひとごと》のような物言いをした。

「仕事の選《え》り好みをする人としない人の違いですかな」

忠七は、不敵な笑みを浮かべてそう言い返す。

「だが忠七さん、この前は、剣術ぐらい身に付けないと付添いの仕事は回せないと言ってたじゃないか」

「ところがあの翌日、平尾さんがここに見えまして、悪かったと頭を下げられました」

そういうと、忠七は大きく頷いた。

さらに伝八は、『もみじ庵』の仕事がなくなったら「わたしが稼ぐ」と言った多津江の言葉を持ち出したという。

身の丈に合わない仕事などしなくても、多津江が暮らしを立てるという気概を口にしたことは、その場にいた六平太は知っている。

「ご妻女にそれほどの覚悟があるのだと知って、平尾さんは自分も何とかしなければと奮起なすったのでしょう。感心なことに、車曳きだろうと木っ端集めだろうと、なんでも引き受けると、そう決意なすったんですよ」

忠七の話を聞いて、六平太はふうと息を吐き、

「それで、毎日仕事を回しているのか」

「毎日ということはありません」

「だが、『市兵衛店』を毎日出て行ってるぜ」

「あ、それは」

言いかけて、忠七は後の言葉を飲み込んだ。

「仕事じゃないとすると、平尾さんのご妻女に知られちゃまずいことか」

六平太が、声を低めてねちっこい物言いをすると、

「仕事のない日は、剣術の稽古《けいこ》に通い始めてます」

囁くような声で忠七が告白し、

「おそらく今日も、五つ半（九時頃）の稽古に出ているはずです」

と教えてくれた。

「親父、その道場の場所を教えてくれ」

六平太は框から腰を上げた。

二

『もみじ庵』を飛び出した六平太は、弁慶橋から北に延びる道を急いだ。

忠七によれば、伝八が通うことになった道場は、神田岩本町から目と鼻のところにある、玉池稲荷《たまいけいなり》の近くだった。

その道場のことは忠七も知っていたようで、武家が稽古に来ることのない町道場だ

った。女子供が小太刀を習いに来たり、担ぎ商いなどで町々を歩く物売りが、破落戸《ごろつき》からの言いがかりや脅しから身を護《まも》るために剣術を習いに来たりするのだという。

神田小泉町《こいずみちょう》にある町道場はすぐに分かった。

松枝町《まつえだちょう》と小泉町の間を玉池稲荷の方に向かうと、「えい」とか「やぁ」という掛け声が通りに洩《も》れ出ていた。

その声は、三軒の棟割長屋ほどの長さの家から聞こえていた。

板壁に作られた格子の嵌《はま》った武者窓から中を覗くと、十五、六畳ほどの板張りの稽古場があり、お店者《たなもの》や職人、棒手振《ぼてふ》りらしい者に混じって、真剣な顔つきの伝八が竹刀を何度も振り下ろしている姿が見えた。

門人たちが八、九人ほど動けば窮屈そうな稽古場である。

向かい合って打ち合う者の竹刀や、近くで素振りする門人の竹刀までもが、伝八の肩や腕に容赦なくぶつかっている。

詫《わ》びる者に、伝八はその度に『気にするな』というように手を横に振る。留吉と熊八が見たという伝八の体の傷痕のわけを、六平太は納得した。

武者窓の外から稽古を見ていた六平太は、四半刻《しはんとき》（約三十分）ほどでその場を離れた。

「珍しく、秋月さんを名指しで付添いの依頼が来てますんで、道場の帰りにお立ち寄り願います」

　さっき、『もみじ庵』を出る時、忠七からそんな声が掛かっていたし、置いていた菅笠を取るついでもあり、神田岩本町へと向かっていた。

「平尾さんの稽古の様子はどうでした」

　六平太が『もみじ庵』に戻るとすぐ、忠七から好奇の眼を向けられた。

　真剣な面持ちで取り組んでいたと話してやると、忠七は満足げにうんうんと頷いた。

「それで、おれを名指しの付添いというのは、いつのことだ」

　六平太が口を開くと、

「それが、今夜なんですよ」

　という。

「おれの御贔屓《ごひいき》からか」

「本郷《ほんごう》二丁目の『河内屋《かわちや》』という反物屋さんからのお声掛かりなんですがね」

「聞き覚えはないね」

　六平太が首を捻ると、

「それでほっとしましたよ。いえね、わたしも初めて聞くお名でしたから、ひょっとして、秋月さんが『もみじ庵』を通さずに付添いを請け負っておいでの御贔屓かと」

「おれがいつ、隠れて付添いをしたっていうんだよ」

「知り合いの口入れ屋じゃ、そういうことがよくあると聞いていたもんで、つい口が滑りました。どうかご勘弁を」

忠七に頭を下げられた六平太は、素直に頷いた。

『もみじ庵』を通さない付添いを、過去に何度かやったことのある身としては、胸が微《かす》かに痛み、

「付添いの詳細を聞こう」

と、話を本筋に戻した。

反物屋『河内屋』の主夫婦と一人娘が、今宵、魚河岸北本船町《ほんふなちょう》の料理屋『まつ川《かわ》』に行くことになっているが、頼みたい付添いはその帰りなのだと、忠七はいう。

「付添い人には、五つに料理屋『まつ川』に来てもらいたいというのが、お店の下男らしい使いの人の注文でしたよ」

「忠七さん、ひとつ相談だがね」

「まさか、自分がやるような仕事じゃないなんて言うんですか」

忠七の眼《め》がいきなりつり上がった。

「違うよ。剣術に取り組み始めた平尾さんへの祝儀として、今夜の仕事を回してやろうかと思ってさ」

六平太の言葉に嘘《うそ》はなかった。

狭い道場で、竹刀を体に受けながらも稽古に励んでいた伝八の様子がなんともいじらしく思えたのだ。

「剣術の稽古の後ここに立ち寄ることになってますから、この話、平尾さんに回すことにします」

「恩に着られたくねぇから、おれが回したってことは伏せてくれよ」

六平太が念を押すと、任せておけと言わんばかりに、忠七は、大きく頷いた。

「今夜の付添いはおなご衆もいるから、青あざの残ってる顔はお客の眼に晒《さら》さない方がいいな」

「わたしからそう話しておきましょう」

忠七は、六平太の意見を素直に受け入れた。


浅草元鳥越の表通りは黄昏時《たそがれどき》を迎えていた。

この時節、七つから四半刻ほどが過ぎた頃に日は沈むが、すぐに暗くなることはない。

六平太が『市兵衛店』を出て、御蔵前の湯屋『よもぎ湯』に向かったのは、あと四半刻で六つという頃おいだった。

その時分、通りにはまだ明るさがあったのだが、湯屋を出ての帰り道は、十間先の人の顔すら見分けられなくなっていた。

秋の日は、釣瓶《つるべ》を落とすように暮れるのが早いということだろう。

鳥越明神《とりごえみようじん》の手前を右に曲がって小路に入り、六平太が『市兵衛店』の木戸を潜《くぐ》ると、井戸端で体を拭《ふ》いたり、水音を立てて顔を洗ったりしている人影が眼に留まった。

「湯屋に行ったたんですってね」

体を拭いていた留吉から声が掛かった。

「うん。今日はのんびりしてたからよ」

六平太が返答すると、

「帰ったらすぐ、わたしも湯屋に行けばよかったかなぁ」

悔やむような独り言を呟いたのは、顔を洗っていた願人坊主姿の熊八である。

「よよっ、みなさん今日も一日ご無事で何より」

畳んだ扇子で片方の掌《てのひら》を叩《たた》きながら、羽織姿の三治《さんじ》が路地の奥から現れた。

「これから仕事か」

六平太が問いかけると、留吉が口をはさんだ。

「秋月さん、三治のこのたるみ切った面を見たら分かるでしょう。どこかの旦那衆《だんな》のお座敷に呼ばれて、うまい酒と料理にありつく寸法ですよ」

「留さんのいうのも、当たらずとも遠からずってとこですな」

三治はそういうと、「へへへ」と笑い声を上げた。

その時、路地の奥から、袴《はかま》の腰に刀を差した伝八が、菅笠を付けながら井戸端に近づいた。

「なんだ、秋月さんがもう一人現れたのかと思いましたよ」

伝八に気付いた留吉が呟くと、

「菅笠姿はまさにそっくり」

熊八が大げさに頷いた。

「『もみじ庵』の忠七さんに勧められましたので、被ることにしました」

伝八は照れたような笑みを浮かべると、

「それでは、わたしは」

菅笠の縁《ふち》を摘まんで辞儀をした伝八は、表通りの方へと歩き去った。

すると、さりげなく六平太に身を寄せた三治が、広げた扇子を口元に立て、

「実はこれから『いかず連』のお紋さんと」

目尻《めじり》を下げて囁いた。

「なに」

呟きが六平太の口を衝《つ》いて出た。

「それじゃ、皆さん、わたしはこれで」

へへへと笑った三治は、井戸端の一同に声を掛けると、伝八に続いて表へと足を向けた。

「わたしらは、取り残されましたなぁ」

「どうだい、これから久しぶりに表通りの『金時《きんとき》』なんか」

熊八の呟きを受けた留吉が、寿松院《じゆしょういん》門前の居酒屋の名を口にした途端、

「なに言ってんだい。駄目だよっ。秋月さんだってね、佐和ちゃんが拵《こしら》えた夕餉が待ってるんだからねっ」

留吉の家から、女房のお常の怒声が轟いた。

「金時は、まただな」

六平太が声をひそめると、留吉も熊八もしょげたように頷いた。


六平太は、薪《まき》を焚《た》く煙で眼が覚めた。

掛けていた掻巻を押し上げて身を起こすと、釜《かま》の載った竈の焚口《たきぐち》に薪はなく、長火鉢の五徳に掛けられた鍋《なべ》からは、立ち上る湯気と共に味噌の香りが辺りに広がっている。

近隣の住人が湿った薪を焚いているらしく、風に流された煙が押し寄せて、『市兵衛店』の家々に入り込んでいるのかもしれない。

起き出した六平太は、いつも通り掻巻と薄縁を重ねたまま三つに折ると、板張りの隅に押しやって、枕屏風《まくらびようぶ》で隠した。

「目覚めたわね」

桶を下げて土間に入ってきた佐和が、水甕《みずがめ》に桶の水を注ぎ入れた。

「日は出てないようだが、何刻だ」

「六つの鐘が鳴ってから、そろそろ四半刻が経《た》つ時分だけど、雲が出ていて、お日様は隠れたままよ」

「ふぅん」

流しの傍に立った六平太が、物干し棒に干していた手拭いを摑《つか》んだ時、

「そうそう。日の出前だったけど、井戸端で平尾様の奥様にお会いしたら、昨夜はご主人がお帰りじゃなかったそうよ」

佐和が隣りの平尾家を憚《はばか》るように声をひそめた。

「あの人にしては、珍しいな」

六平太も低い声で答えた。

付添いをしていると、お客に誘われてついつい飲み明かしてしまうことがある。飲み明かさないまでも、夜中、家に帰るのが面倒臭く、忠七をたたき起こして『もみじ庵』に泊まったことが、六平太は何度かあった。

「おはようございます」

土間の下駄に足を通した時、戸口の外から辺りを憚るような声がした。

戸を開けると、見覚えのある若者が立っていて、頭を下げた。

「金太《きんた》か」

六平太が口にした金太は、神田上白壁町《かみしらかべちょう》の目明かし、藤蔵《とうぞう》の下っ引きである。

「親分が、朝早くから申し訳ないが、伊勢町《いせちょう》河岸《がし》の自身番にお出で願いたいと言っております」

金太は声を低め、丁寧に用件を述べた。


朝日が雲に覆われた道を、六平太は金太と並んで先を急いでいる。

井戸端で顔を洗った六平太は、身支度を整えると朝餉は摂らず、迎えに来た金太とともに『市兵衛店』を後にしていた。

「白々と夜が明けたころ、出職の左官が、上白壁町の親分の家の戸を叩いたそうなんです」

日本橋の伊勢町河岸へ向かう道々、金太が事情を話し出した。

堀留《ほりどめ》の方から伊勢町河岸に差し掛かった左官は、伊勢堀の浅瀬に人が倒れているのを見つけたということだった。

それを聞いた藤蔵は、本町三丁目界隈《かいわい》の町役人や若い衆たちと伊勢堀に駆けつけて、堀の中に倒れていた男を河岸に引き揚げた。

顔も着物も泥に汚れていたが、髪型や装《な》りから、男は浪人だと推測された。

腰や肩の辺りに刀傷があり、着物や袴も裂かれて血に染まっていたが、微かに息があったので、伊勢町河岸の自身番に運んで、医者を呼んだという。

浪人の息は絶え絶えで、開けた眼はうつろだった。

何か言おうと口を動かしたので、藤蔵が口元に耳を近づけると、『もととりごえ、いちべだな、ひら』そこまで言うと息を継ぎ、改めて『いちべだな、あきづきどのへ』と、藤蔵や金太の聞きなれた六平太の名を口にしたのだと金太は語った。

「それでわたしが秋月様を呼びに走ったわけです」

そして、もう一人の下っ引きは、北町奉行所の同心、矢島新九郎《やじましんくろう》の八丁堀《はっちょうぼり》の役宅に走ったのだとも付け加えた。


朝の伊勢町河岸の界隈は、江戸で一番の商業地である日本橋の通りから少し東側にある。

近隣の商家や蔵地、塩河岸などで働く者たちが駆け回っており、いつも朝の暗いうちから活気が漲《みなぎ》っている。

伊勢町河岸の自身番は、伊勢堀に架かる道浄橋《どうじょうばし》の北岸にあった。

「秋月様をお連れしました」

玉砂利を踏んで上がり框近くに足を踏み入れた金太が声を掛けると、

「上がっていただけ」

障子戸の中から藤蔵の声がした。

六平太は草履《ぞうり》を脱いで框の障子を開け、中に身を入れた。

三畳の畳の間には、町役人と若い衆が膝《ひざ》を揃《そろ》えており、その奥の三畳ほどの板張りには、矢島新九郎と目明かしの藤蔵の姿があった。

新九郎と藤蔵の向こうで、筵《むしろ》に仰向けに寝かされた男が、医者から応急の手当てを施されている様子が窺《うかが》える。

「秋月さん、こちらへ」

新九郎から声が掛かり、六平太は、怪我人の寝かされた板張りに足を進めた。

「平尾さん」

寝かされている浪人の顔を見た六平太の口を衝いて、その名が出た。

「ご存じでしたか」

新九郎の問いに六平太は頷き、口入れ屋『もみじ庵』の付添い屋仲間であり、最近、妻女と『市兵衛店』に住むようになった『平尾伝八』に間違いないと述べた。

「しかし、どうして自分の名を口にしなかったんでしょうね」

藤蔵が小さな声で不審を口にして、伝八を見た。

「このざまを、ご妻女には見せたくなかったんだろう」

六平太が呟くと、

「それでとりあえずは、秋月さんに知らせようとしたのかもしれませんな」

そう呟いて、新九郎は一人で合点した。

矢島新九郎は、六平太より後に四谷《よつや》の相良《さがら》道場に通い始めた、いわば同門である。

二つ年上にもかかわらず、六平太を先達《せんだつ》として接してくれるのだが、その物言いが時々面はゆいこともあった。

「昨夜帰らなかったご亭主の心配をしていたから、ご妻女に知らせたいのだが」

六平太が口にすると、

「若い衆、すまねぇが、浅草元鳥越の『市兵衛店』に走ってくれねぇか」

新九郎が畳の間に控えている町内の者に命じた。

「ご妻女の名は多津江さんだが、亭主の傷のことは言わず、秋月が呼んでると言って連れてきてくれないか」

「へい」

若い衆は頷くとすぐ、外へと出て行った。

寝ている伝八の口から、小さな呻《うめ》き声が洩れた。

「先生」

六平太がかすれた声を掛けると、

「死んでもおかしくない深手でしたよ。刃先が臓腑《ぞうふ》にまで届いていなかったのが幸いでしたが、この二、三日が峠《とうげ》だと思ってください」

医者は、努めて淡々と返事をした。

「傷が臓腑にまで届かなかったのは、腰の刀のお蔭ですよ」

そういうと、新九郎は板張りの隅に置いてある一振りの刀を指さし、

「怪我人は、刀を抜く間もなく何人かに斬られてます。そのうちの一刀が鞘《さや》を砕いて深手を負わせたようです。つまり、相手の刀を左の脇腹に受けたものの、刀が鞘に残っていたお蔭で、切っ先は鞘を砕き、臓腑には届かなかったと思われます」

囁くような声で、昨夜の襲撃の様子を口にした。

伝八が寝ている板張りには、脱がされた袴や着物、それに、紐《ひも》の外れた菅笠が無残に置かれている。

その傍に置かれた刀の鞘は、鯉口《こいぐち》に近い辺りが削がれたように裂けていた。その中に納まっている刀身の鈍い光を、六平太はじっと見つめた。

三

自身番で平尾伝八の傷を診た医者の家は、小伝馬町《こでんまちょう》の牢屋敷《ろう》に近い鉄炮町《てっぽうちょう》にあった。伊勢町河岸からは二町（約二百十八メートル）あまり北である。

四畳半の畳の部屋に寝かされた伝八の傍で、多津江は身じろぎもせず座り込んでいる。伝八が寝ている部屋に隣接した六畳の畳の間で、六平太と新九郎は火鉢を挟んで向かい合っていた。

伊勢町の若い衆が迎えに行った多津江は、『市兵衛店』の大家の孫七とともに一旦《いったん》伊勢町河岸の自身番に現れた。

それからほどなくして、口入れ屋『もみじ庵』の主、忠七もやってきて、昨夜、伝八が請け負った付添い仕事について新九郎の質疑に応じた。

伝八が自身番から鉄炮町の医者の家に移されることになったのは、忠七が神田岩本町の『もみじ庵』に引き上げていった後のことである。

町内の若い者が曳く大八車に乗せられた伝八とともに医者の家まで付き添った孫七は、そこで浅草元鳥越の『市兵衛店』に帰って行った。

六平太と新九郎がいるのは庭に面した部屋だが、縁側の障子は固く閉じられている。

刻限はほどなく四つ半（十一時頃）という頃おいになったが、日は朝から雲に隠れたままである。

「うう」

と、仕切りの戸の開けられた隣りの四畳半の部屋から、伝八の呻き声がした。

多津江が身を乗り出したが、伝八は呻き声を上げただけで、眠りから覚めはしなかった。

その時、玄関の方から足音が近づいてきて、

「藤蔵です」

廊下から声を掛けた藤蔵が、金太を伴って六畳の部屋に入って来るなり、

「遅くなりまして」

新九郎と六平太に頭を下げた。

藤蔵と金太は、先刻、『もみじ庵』の忠七から聞いていた伝八の昨夜の動きを確かめるため、本郷二丁目の反物屋『河内屋』に赴いていたのである。

「どうも、妙な具合になりました」

新九郎の前に膝を揃えるなり、藤蔵が重苦しい声を洩らし、本郷二丁目に『河内屋』という反物屋はなかったと口にしたのである。

「ないとはどういうことだ」

新九郎が不審の声を上げた。

本郷二丁目とは、神田明神《かんだみようじん》と湯島聖堂《ゆしませいどう》の間を上がり切った道が、加賀前田《かがまえだ》家の上屋敷の方へ大きく曲がる辺りの町名である。

「一丁目から二丁目、三丁目に掛けて土地の者に聞いて回りましたが、反物屋『河内屋』なんて店は知らないと申します。それで、四丁目の目明かし、房吉《ふさきち》親分を訪ねて事情を話したんですが、本郷界隈にも菊坂《きくざか》の辺りにも、そんな反物屋はないという返事でした」

話し終えてもまだ得心がいかないらしく、藤蔵はしきりに首を傾げた。

「それじゃ、平尾さんが料理屋に迎えに行くはずだった反物屋というのは、どこの誰なんだ」

六平太も不審を口にした。

「それで、わたしら、すぐに本郷から日本橋の料理屋『まつ川』に行ってまいりました」

藤蔵の声に、脇に控えていた金太が小さく相槌を打った。

付添いを依頼した反物屋『河内屋』の使いが、

「日本橋の料理屋『まつ川』に五つ」

と、迎えの刻限まで指示していたことは、『もみじ庵』の忠七が、先刻、伊勢町河岸の自身番で新九郎たちに申し述べていたことである。

「ところが矢島様。料理屋『まつ川』じゃ、本郷の『河内屋』のことは知らないというじゃありませんか」

「なに」

藤蔵の報告に、新九郎が眉間《みけん》に皺《しわ》を寄せた。

「それに昨夜は、本郷の反物屋『河内屋』の主夫婦と娘を迎えに来たと言って、浪人者が現れたと言ってました」

隣室で横になっている伝八の方に眼を遣《や》った藤蔵は声をひそめ、

「『まつ川』の者が、反物屋『河内屋』からも、本郷に住まうどなたからも、料理や座敷の注文も受けちゃいないというと、その浪人は困り果てた様子で笠を被り、ぶつぶつ独り言を言いながら伊勢町堀の方に足を向けたとのことでございますから、それが、あの平尾さんかと」

密《ひそ》やかに申し述べると、そっと隣りの部屋に眼を走らせた。

「どういうことだ」

新九郎は、胸の前で両腕を組むと、天井を見上げて低く唸った。

「ご浪人が何者かに斬られたのは、本船町の『まつ川』を出た後ということになりますね」

呟くような藤蔵の声に、六平太は訝《いぶか》るように首を捻った。

本船町の料理屋を出た伝八が、何者かに斬られた伊勢町河岸を通ったことに不審はない。『まつ川』で聞かされたことを報告に『もみじ庵』に立ち寄るにしろ、浅草元鳥越の『市兵衛店』に帰るにしろ、伊勢町河岸は通り道ではある。

そこまで考えた六平太は、ふと胸騒ぎを覚えた。


藤蔵に案内されたのは、医者の家からほど近い自身番である。

六平太は、藤蔵と新九郎に続いて三畳の畳の間に上がり込んだ。

「場所を替えて話をしたいんだが」

医者の家で胸騒ぎを覚えた直後、六平太は新九郎に声をひそめて申し出ると、

「近くに鉄炮町の自身番がありますが」

新九郎から、そんな返事が来た。

藤蔵は金太を伝八の傍に残して、六平太と新九郎とともに医者の家を後にしたのだ。

六平太が話そうと思ったことは、多津江の傍では憚られることだった。

自身番には町役人が一人詰めていたが、

「話が済んだら呼びに行く」

という新九郎の頼みに頷くと、その場を外してくれた。

「それで、秋月さんの話というのは」

新九郎が問いかけると、脇に控えていた藤蔵が小さく身を乗り出した。

「本郷二丁目の反物屋『河内屋』から、『もみじ庵』に付添いの依頼が来ていたのは確かなんだよ。それも、おれを名指しでね」

「なんですって」

声を上げたのは藤蔵である。

一度付添いにしくじった平尾伝八が、それまで忌み嫌っていた剣術の稽古に通い始めたと知り、祝儀代わりに回した仕事だったという顚末《てんまつ》を、六平太は二人に打ち明けた。

「ということは」

藤蔵が首を捻って呟くと、

「仕事を譲ったことを知らない奴《やつ》が、『まつ川』に現れた平尾さんを秋月さんだと思って伊勢堀まで後を付けたってことですか」

「いくらなんでも、顔を見れば分かるだろう」

新九郎は、異を唱えた。だがすぐに、

「秋月さんに近づいては気取られると用心して、離れたところから姿形を見たと考えられるな」

と前言を翻した。

「矢島さんは、平尾さんは何人かに襲われたと言っておられたが」

「いくつか刀傷はありましたが、深手を負った傷以外は、思い切りのよくない太刀筋でしたから、たいした使い手ではありますまい」

新九郎は、六平太の問いかけにそう返答した。

「『まつ川』を見張っていた者が、出て来た平尾さんをおれと思い込んで首魁《しゅかい》に知らせ、伊勢町河岸で待ち伏せたか」

六平太が自分の推測を小さく声にすると、

「秋月様と怪我をしたご浪人の背格好は似ておりますし、顔は菅笠で隠れていました。そのうえ、伊勢町河岸は蔵地がほとんどで、夜は明かりも少のうございます」

藤蔵は、六平太の推測に同意を示した。

「それで、秋月さんには、狙った連中に心当たりでもありますか」

「なくはない」

ほんの少し思いを巡らせた末、六平太は新九郎に、落ち着いた声でそう答えた。

九段坂《くだんざか》を上り、田安《たやす》御門に差し掛かったところで、薄日が射《さ》した。

菅笠の縁を指で摘まんで持ち上げると、分厚かった雲は引き延ばした真綿のように薄くなっている。

料理屋『まつ川』からの付添いを伝八に譲ったと新九郎に打ち明けた六平太は、鉄炮町の自身番を後にした直後、今川橋《いまがわばし》近くの蕎麦屋《そばや》に飛び込んで昼餉を摂った。

六平太が向かっているのは、表六番町通《おもてろくばんちょうどおり》の永井主計頭《ながいかずえのかみ》家の屋敷である。

この道を通るのは、先月の下旬以来のことだった。

物見窓の備わった長屋門から屋敷内に入り、式台で案内を乞《こ》うた。

応対に現れた若党に名乗り、丹二郎《たんじろう》への取次ぎを頼むと、待つほどのこともなく、慌ただしい足音が近づいてきた。

「秋月さん、よう参られた。道場の師範の件について、返事をお持ちくだされたか」

式台に立った丹二郎の顔には、喜色が溢《あふ》れていた。

「丹二郎さん、昨夜、誰かに命じておれを襲わせなかったか」

丹二郎の問いには触れず、六平太は単刀直入に突き付けた。

一瞬ぽかんと口を開けた丹二郎は、

「襲うとは、いったい──」

呟きを洩らした。

「偽りの仕事を依頼しておびき出し、おれを殺そうとした奴らがいる」

「それで」

丹二郎は身を乗り出した。

「その仕事を譲ってやった知り合いが襲われて、生死の境にいるんだよ。誰が襲ったか突き止めなきゃならねぇ」

「し、しかし、なにゆえ当家に」

「おれを邪魔に思う奴がいる」

「え」

丹二郎は、盛んに首を捻る。

「丹二郎さん、お前さんおれを道場の師範にすると誰かに口にしただろう。おれが承知してもいないのによ」

六平太が声を低めて凄《すご》みを利かせると、『あ』という口の形をした丹二郎が、

「岩藤《いわふじ》」

と、声を洩らした。

六平太は大きく頷くと、岩藤には二度も待ち伏せをされ、一度は刀を向けられたとも告げ、「岩藤に会わせろ」と迫った。

「岩藤はすでに師範の役を解き、屋敷からも放り出した」

丹二郎は慌ててそう口にしたが、顔つきや声音から、本当のことだろうと思われる。

「屋敷を出て、岩藤はいまどこに」

「そこまでおれは知らぬ。なんなら道場に参らぬか。師範代を務めていた日置慎太郎《ひおきしんたろう》や、岩藤の薫陶《くんとう》を受けていた近隣の旗本の子弟たちもいるはずだが」

「ぜひ、頼む」

そういうと六平太は式台に上がり、丹二郎に続いて廊下を進んだ。

以前、道場に案内されたが、式台からどのように歩いたか、記憶はもはや朧《おぼろ》であった。

角を二つ三つ曲がり、屋根付きの渡り廊下を進んだ先に見覚えのある道場があり、竹刀のぶつかる音や気合が耳に届いた。

「一同、静まれ」

道場に先に足を踏み入れた丹二郎が大声を張り上げると、素振りなどをしていた十人ほどの門人が動きを止めた。

「この秋月六平太殿が、かつて当道場の師範を務めていた岩藤源太夫《げんだゆう》の居所を知りたいと申しておられる」

丹二郎が用件を述べた。

しかし、六平太は、丹二郎が用件を述べる前に、二人の門人が顔と体を強張《こわば》らせたことに気付いていた。

一人は、師範代の日置慎太郎だが、その横に立つ丸顔の門人は初めて見る顔である。

「どうだ。岩藤の行方《ゆくえ》を知っている者は居ないのか」

丹二郎の問いかけに、大方の者が『知りません』と声に出すなり、首をひねるなりの反応を示したが、慎太郎と丸顔の門人は凍り付いたように強張ったままである。

この二人は、岩藤から六平太の死を聞かされていたか、昨夜の襲撃に加担していたのかもしれない。

表六番町通の永井主計頭家を後にした六平太は、その足を音羽《おとわ》に向けていた。

帰るという六平太を、丹二郎は門まで送り、

「岩藤の居所が分かったら、お知らせしますよ」

別れ際、そうも言ってくれた。

丁重に礼を述べた六平太は、表六番町通を西に向かった。

「浅草元鳥越なら、方角が違いますが」

背中に丹二郎の声が届くと、

「こっちに来たついでに、音羽にちょっとね」

足を止めた六平太は、丹二郎にそう返答した。

「それなら、次の丁字路を右に曲がって、堀端に出た方がいいです。堀端を右に行けば牛込《うしごめ》御門から堀を渡って神楽坂《かぐらざか》に行けますから」

　このあたりに通じている六平太は、その道順は当然知っていたが、何かと気遣う丹二郎に片手を上げて応《こた》えると、足を速めた。

〈岩藤の居所が分かったら〉と丹二郎は口にしたが、そう簡単に突き止められるとは思えない。

　むしろ、日置慎太郎の動向が気になる。

　おそらく、六平太が生きていることを岩藤に知らせに走るはずなのだ。

　そのあとで岩藤がどう出るか、それが、今後の懸念となりそうだ。

　音羽に行けば、ほんの少し気がかりなことを忘れられるし、穏蔵《おんぞう》のその後の様子も知れるに違いなかった。

　足を速めたせいか、六平太は牛込御門から半刻余りで音羽に着いた。

　どこへ行くという当てはなかったが、桜木町《さくらぎちょう》の甚五郎《じんごろう》の家の前を素通りして、とりあえず、八丁目の居酒屋『吾作《ごさく》』を目指した。

　八つ（二時頃）になれば、夜の仕込みのために一旦暖簾《のれん》は外すのだが、その刻限まではまだ間があるはずだ。

　茶を飲みながら少し休んでから、関口駒井町《せきぐちこまいちょう》のおりきの家に向かうつもりで、六平太は緩い坂道の参道を八丁目へと向かった。

「あら、秋月の旦那っ」

九丁目の中ほどまで進んだ時、参道の東側から聞き覚えのある女の声がした。

楊弓場《ようきゅうば》の矢取り女のお蘭《らん》が、右手で虚空を叩きながら、下駄を鳴らして近づいてきた。

「なんだかお久しぶりでしたねぇ」

「少し前にも来たんだが、なんだかばたばたしてて、失敬したよ」

「おりき姐《ねえ》さんのところには、しばらくお出でになるのかしら」

「いやぁ、そう何日もは居られないねぇ」

六平太は、困ったように首を捻った。

「そうそう。ねぇ、秋月さん、毘沙門《びしやもん》の親方の若い衆だった、穏蔵を知ってるでしょう」

お蘭の弾むような声に、「あぁ」と頷いた六平太は、

「その若い衆がどうした」

「その子が、いきなり毘沙門の一党をやめて、四丁目の『寿屋《ことぶきや》』さんの住み込み奉公を始めたんですよ」

「へぇ。とうとう、住み込みかぁ」

「うん。二、三日前から」

お蘭の声に、六平太は小さく頷く。

するといっていたったい
「町の噂《うわさ》だと、一度は消えた『寿屋』への婿入《むこい》り話が、突然、息を吹き返したっていうことらしいよ」
簪《かんざし》で髪の毛をいじりながら、お蘭は感心したような声を張り上げた。

四

護国寺《ごこくじ》の門前町である音羽町を南北に貫く広い参道の西側に、同じく南北に貫く裏道がある。

小体な料理屋や居酒屋などがひしめく通りは、日暮れ近くからは賑《にぎ》わうのだが、昼間はのんびりとしている。

六平太はお蘭と立ち話をした後、参道から八丁目の小路へ入り込むと、裏通りの角にある居酒屋『吾作』へと急ぐ。

店の軒端《のきば》に古びた提灯《ちょうちん》は下がっていたが、暖簾は外されていた。

締め切られている腰高障子《こしだかしょうじ》を引くと、するすると戸は開いた。

「菊《きく》さん、秋月様だよ」

店の中から、素《す》っ頓狂《とんきょう》なお国《くに》の声がした。

六平太が店の中に足を踏み入れると、空き樽《だる》を腰掛にした菊次《きくじ》とお国、それにおりきが土間の奥の卓に着いて、箸《はし》を動かしているのが眼に入った。

「中休みは八つからじゃないのか」

「客が引いたもんだから、早めに腹ごしらえをね」

菊次が、六平太の不審に答えた時、鐘の音が届いた。

「八つの鐘ですよ」

板場に入ったお国が声を上げた。

目白《めじろ》不動の時の鐘が間を空けて打たれる。

「わたしも朝から髪結いが立て込んでしまって、やっといま、ここでご相伴に与《あずか》っていたところでしてね」

笑いかけたおりきが、小皿の芋を口に入れた。

「兄ィもなんか食いますか」

「いや。来る途中、蕎麦を手繰ってきた」

そう言いながら、六平太はおりきの隣りに腰を掛けた。

「どうぞ」

板場から出てきたお国が、六平太の前に湯呑を置いて、菊次の隣りに腰掛けた。

「これこれ、これが飲みたかったんだ」

六平太は湯呑に手を伸ばした。

「穏蔵さんが、『寿屋』に住み込んだということは」

おりきに尋ねられた六平太は、

「いまさっき、楊弓場のお蘭から聞いた。町の噂になってるらしいな」

他人事《ひとごと》のような物言いをして、一口、茶を飲む。

「そりゃ、毘沙門の若い衆が小間物屋に住込み奉公となれば、噂にもなりますよ。噂って言えば兄ィ、浅草の火消しと定火消は、まだ睨み合いが続いてるそうじゃありませんか」

「そうなんだ」

「この前、毘沙門の親方がここに来てそんなことを。な」

菊次は、お国に話を振った。

「そうなると、佐和さんは当分浅草元鳥越に居候ですか」

「あの居候、こっちは大助かりしてるよ。朝餉夕餉を作る心配をしなくていいのがいいね。そのうえ、掃除に洗濯だろ。子供二人を動かして長屋の稲荷の祠《ほこら》の世話までやってくれるから、殿様気分だよ」

「その分、浅草に帰られてしまうと、兄ィはがっくりと来るね」

真顔でそういうと、菊次は独《ひと》り合点《がてん》して大きく頷いた。

「お妹さんが浅草に戻られるときは、ちゃんとお礼をしないとね」

「そりゃそうだ」

おりきが、お国の意見に即座に乗り、

「櫛《くし》とか着物とか半襟とか、そんなものをお礼にもらえば、佐和さんだって世話した甲斐《かい》があるってもんですよ」

「秋月様、今のうちに『寿屋』に行って買っておいた方がいいですよ」

お国がそういうと、菊次がすぐに、

「お国、よく気付いた。『寿屋』なら穏蔵の様子も分かるしな。うん」

お国の肩に手を載せた。

「穏蔵のことはともかく、おれが女物を選ぶのはなぁ」

六平太が気乗りしない声を出すと、

「おりき姐さんに選んでもらえばいいじゃありませんか」

菊次が即座に口を開く。

「そしたら、おりき姐さんも半襟の一本くらいねだればいいんですよぉ」

「それ、いいねっ」

おりきは、お国の勧めに応じて、弾《はじ》けるような声を上げた。

六平太は、おりきの少し後ろについて、幅広の護国寺の参道を西から東へと横切った。

『市兵衛店』に避難してきて、兄の世話を続けてきた佐和にお礼ぐらいするべきだという菊次たちの言い分を聞いた六平太は、おりきと連れ立って『吾作』を後にしたのである。

小間物屋『寿屋』は、参道に面した音羽町四丁目に店を構えていた。

六平太とおりきが店の中に入ると、

「これはこれはようこそ」

客を送り出したばかりの主の八郎兵衛《はちろべえ》が、丁寧に腰を折って二人を迎えた。

「穏蔵さんを呼びましょうか」

「いや、それには及びません」

六平太は、八郎兵衛の申し出をやんわりと断わると、

「ええと、おれの妹の土産と一緒に、こちらも半襟を見たいというもんだから」

おりきを指した。

「それじゃ、わたしは選びますね」

おりきは六平太を離れて、半襟などの並べられた棚《たな》の方に動いた。

八郎兵衛と二人になった六平太は、話の糸口も見当たらず、櫛や笄《こうがい》などに眼を遣っ

た。

八郎兵衛も、六平太の傍ですることもなく、ひたすら胸のあたりで両手をこすり合わせている。

「これにしますよ」

おりきが来て、二本の半襟を六平太に見せた。

「こっちが佐和さん。わたしはこれ」

佐和にと言っておりきが指したのは、紫がかった薄い赤の鴇羽色《ときは》で、自分のために選んだのは、萌黄色《もえぎ》である。

「いくらかね」

六平太が値を尋ねると、

「いえいえ、お代は結構でございますから」

八郎兵衛は片手を横に打ち振った。

「いや、それは困る」

「『寿屋』さん、秋月さんからお代を取っていただかないことには、土産にはなりませんので、どうか」

おりきは、六平太の言い分に加担した。

「では、四十六文（約九百二十円）頂戴《ちょうだい》いたします」

八郎兵衛は恭《うやうや》しく腰を折った。

懐から取り出した巾着《きんちゃく》から、銭を摘まんだ六平太は、八郎兵衛の掌《てのひら》に載せた。

その時、

「旦那さん」

と声を発しながら、奥の暖簾を割って穏蔵が飛び出してきた。

「あ」

六平太とおりきに気付くとすぐ、

「おいでなさいませ」

穏蔵は両手を膝に置いて腰を曲げた。

深川鼠《ふかがわねずみ》に焦げ茶の棒縞《ぼうじま》という地味な着物に、新しい前掛けをつけた穏蔵の装りは、新前の小僧姿である。

「わたしになにか用かな」

八郎兵衛が問いかけると、

「さっき届いた荷は、裏の蔵に仕舞いましたので」

穏蔵は落ち着いて答える。

「ご苦労様。そしたら、お前、秋月様とおりきさんにお茶をお出しして、お相手を」

「いえ、旦那さん。わたしはこれから、長次《ちょうじ》さんから、いろんな白粉《おしろい》についての話を聞くことになっております」

稳蔵は、丁寧な物言いをした。

長次というのは、『寿屋』に十年以上も奉公している手代の名である。

「『寿屋』さん、お店の小僧さんは、お客の相手をするより商売の品物をよく知る方が先じゃありませんかねぇ」

おりきの穏やかな物言いに大きく頷いた八郎兵衛は、穏蔵に向けても小さく頷いた。

「ごゆっくり」

六平太とおりきに頭を下げた穏蔵は、店の奥の暖簾を潜《くぐ》って行った。

見送った六平太の口から、微かに吐息が洩れ出た。


浅草元鳥越界隈は晴れているが、時々強い風が吹いて、道の埃《ほこり》とともに落ち葉を運んで行く。

日の高さから、間もなく九つ（正午頃）という時分だろう。

髪結いに出かけるおりきと一緒に関口駒井町の家を出たのが四つ（十時頃）だったから、およそ一刻（約二時間）で浅草元鳥越に着いた。

昨夜、おりきとともに『吾作』で酒を飲んだが、その時、同席した甚五郎から、気になる話が出た。

浅草十番組の火消しと定火消の睨み合いを憂慮していた浅草寺《せんそうじ》や寛永寺《かんえいじ》の管主が、寺社奉行、若年寄らを相手に続けていた話し合いは、近々まとまりそうな気配だということだった。

そうなれば、亭主の音吉と離れて暮らしている佐和も一安心するに違いない。

そんなことを思いながら甚内橋《じんないばし》を渡った六平太は、鳥越明神横の小路に足を向けた。

『市兵衛店』の木戸から井戸端へと向かったものの、人の気配はない。

路地に入り、二階家の一番奥の戸を開け、

「帰ったぜ」

声を掛けたが、物音もなく、返事もなかった。

朝の用事を済ませ、慌ただしい夕方を迎える昼時は、商家以外は息をひそめたように静まり返るのがいつものことではある。

戸を開けて土間に足を踏み入れると、六平太は水甕《みずがめ》の蓋《ふた》を取って、柄杓《ひしゃく》に水を汲《く》んだ。

一口飲んだ時、足音と話し声が近づくのに気づいた。

「あ。おじちゃんだ」

勝太郎が外から飛び込むなり声を上げて、土間を上がる。

続いて入ってきたおきみが、

「お帰りなさい」

六平太に声を掛け、籠《かご》に入れてきた青物を流しの笊《ざる》に置いた。

土間を上がった六平太が長火鉢の傍で胡坐《あぐら》をかくと、おきみと勝太郎は二階へと上がっていった。

「いまお帰りでしたか」

路地から入ってきた佐和からのんびりとした声がかかった。

「そういえば、昨日は何も言わずに家を空けてしまったな」

「音羽にいらしたそうで」

「誰から聞いたんだ」

六平太は、首を傾げた。

「昨日の夕刻でしたけど、永井丹二郎と名乗られたお侍が兄上を訪ねて見えました」

「なに」

佐和によれば、昨日の昼頃、永井家に現れた六平太が、その帰り際、音羽へ向かうと言ったのを丹二郎は覚えていて、夕刻ならば戻っているかもしれないと思い、『市兵衛店』を訪ねたということだった。

「永井丹二郎の用は何だったんだ」

「兄上に間違えられて斬られた人への見舞いだと言って、これを」

佐和は長火鉢に這《は》い寄ると、引き出しを開け、紙に包んだものを六平太の胡坐の前に置いた。

六平太が紙包みを開くと、中に小判が五枚あった。

「五両も――」

六平太の声が、少し掠《かす》れた。

「兄上に間違えられた人というのは、いったい」

「隣りの平尾さんだよ」

六平太の返事に、佐和が眼を丸くして息を呑《の》み、

「あの、永井と仰《おっしゃ》るお侍は、兄上のどういうお知り合いですか」

「父親は、永井主計頭という四千六百石取りの大身《たいしん》の旗本だ。この前も話したが、おれの剣の腕を気に入って、お屋敷の道場の師範になってくれと言ってくれてるんだが、丹二郎というのは、家の跡を継げない次男坊だから、おれとしてはあんまり気乗りがしなくてね」

「わたしは、いいお話だと思いますけど」

佐和は、いかにも惜しいという口ぶりである。

丹二郎を悪《あ》しざまに言ってしまったが、本心ではない。

道場の師範とはいえ、決まった刻限にお屋敷に通う武家勤めには嫌気がさしている

というのが、六平太の本音だった。

「それで、平尾さんのご妻女はどんな様子だ」

「着替えのこともあるし、昨夜は戻られましたけど、今日は、昼前に洗濯屋の仕事を済ませてからお医者の家に行かれたわ」

「平尾さんの様子を見がてら、その金はおれが後で医者の家に届けるよ」

「それがいいわね」

佐和が、大きく頷いた。

「浅草十番組『ち』組の茂次《しげじ》ですが」

戸の外から、知った名が聞こえた。

「茂次さん、お入り」

佐和が声を掛けると、腰高障子を開けて、火消半纏を羽織った茂次が土間に足を踏み入れた。

「秋月様、御免蒙《こうむ》ります」

「おう。お前さん方もなにかと大事になったなぁ」

六平太がねぎらうと、

「へい。ありがとうございます。しかし、それももう、収まりそうでございます」

茂次は畏《かしこ》まった。

「定火消との手打ちが決まったので、いつでも安心して聖天町《しょうでんちょう》に戻っていいというのが、音吉兄ィからの言付けです」

「分かりました」

佐和の声には張りがあった。

「ただ、兄ィにはまだ手打ちの場所決めやら、十番組各組の鳶頭《とびがしら》への挨拶なんかがあって飛び回るから、家で落ち着けるのは少し先になりそうだということです」

「でも、大した荷物でもないし、今日のうちに聖天町に帰ることにするわ」

佐和はそういうと、茂次に笑みを向けた。

「そしたら佐和、おれは平尾さんの様子を見たら『もみじ庵』に顔を出して戻るから、それまでに荷物を纏めておくんだ。聖天町にはおれがついていくから」

六平太の申し出に、佐和は頷いた。

「秋月さんすみません、姐さんにはおれがついていければいいんだが、『ち』組に戻らなきゃならないもんで」

「気にするな」

六平太が笑いかけると、

「おれは、お先に」

きびきびと頭を下げ、茂次は路地へ飛び出していった。

五

大川に架かる大川橋の西の袂《たもと》の辺りは、夕暮れを迎えていた。

上野東叡山《とうえいざん》に日が沈んでから、四半刻が過ぎようとしている頃おいである。平尾伝八が養生している鉄炮町の医者の家に行った六平太は、付き添っていた多津江に丹二郎からの見舞金五両を渡すと、『もみじ庵』に立ち寄った。

親父の忠七から、この三、四日のうちに付添いの仕事はないと聞かされた六平太は、急ぎ『市兵衛店』に戻り、佐和母子を浅草聖天町の音吉の家に送り届けたばかりである。

聖天町の家からの帰り際、鴇羽色の半襟を渡していた。

おりきや菊次夫婦に促されて買うことになったと言って、六平太は照れたが、

「ありがとう」

佐和は素直に喜んでくれた。

その顔を見られただけで、おりきたちのいうことを聞いてよかったと思う。

「音羽のみなさんに、くれぐれもよろしく伝えてくださいね」

「おう」

手を上げて応えると、六平太は聖天町を後にしたのである。

落日の早い秋の夕暮れだが、大川橋の西の袂から風雷神門《ふうらいじん》の方向に延びる広小路は、浅草の夜を楽しもうという多くの人が行き交っていた。

菅笠を手にして大川の西岸に沿って歩を進めていた六平太は、竹町《たけちょう》之渡《のわたし》を過ぎたあたりで、背後に人の気配を感じた。

その気配は聖天町を後にしたあたりから感じていたのだが、浅草寺の賑わいから遠ざかるにつれて、その気配を強く感じるようになっていた。

駒形堂《こまがたどう》の前で、六平太は足を止めた。

すると、その背後で足を止めた人影に気付いた。

ゆっくりと振り返ると、五間（約九メートル）ほどの間を取った岩藤源太夫が、少し開いた両足を踏ん張るようにして立ち、頬骨の張った顔で睨みつけていた。

「付けていたな」

「立ち合うのによい、人けのないところがないか、探しながらここまで来た」

岩藤は、抑揚のない声を発した。

「お前さんがその覚悟なら、もう少し下に行こうか」

六平太が口を開くと、

「広小路から離れてもいるし、暗くなっているこの辺りでもよい」

岩藤は微かに苛立《いらだ》ったような物言いになった。

「この辺りは殺生禁断の定めがあるから、刀を抜くと後々面倒なことになるんだよ」

そういうや否や、六平太は踵《きびす》を返し、ゆっくりと下流の方へ足を向けた。

その後ろに、岩藤の足音が続いている。

駒形堂から浅草諏訪町《すわちょう》を通り過ぎ、浅草御蔵の地所の北端で六平太は足を止めた。

大川端に沿って立つ、豪壮な御米蔵の屋根屋根が、影となって幾重にも重なっているのが見える。

横に岩藤が並ぶと、六平太は、薄暗がりの先にある御厩河岸之渡《おんまやがしのわたし》へと歩を進めた。

「ここなら、人の来る気遣いはない」

川端で足を止めると、背後で足を止めた岩藤に告げた。

御厩河岸之渡の近辺に人影はなく、水路を隔てた御蔵の地所も静まり返っていた。

「おれはこれまで、人に恨まれたり金目当ての悪《わる》に襲われたりして、仕方なく斬り抜けたことは、数限りなくある。だがね、此度《こたび》のことについちゃ、あんたを斬りたくなったよ」

六平太は淡々と口にした。

すると岩藤は、左足を軽く引いて身構えた。

「おれの身代わりになって斬られたのは、仕事仲間でもあり、同じ長屋の住人だ。本人には悪いことをしたし、ご妻女にも申し訳が立たん」

「お主、名指しをしたのに、なにゆえ別人を付添いに差し向けたっ」

絞り出すような岩藤の声は低く、悔しさが滲《にじ》んでいた。

「相手が何者か確かめなかったお前さんのしくじりを、おれのせいにするな」

「料理屋を見張らせていた日置から、秋月は伊勢町河岸へ向かったと知らせが──暗がりに潜んでいると、菅笠を被った人影が現れた。通りに飛び出すとその人影に向かって走った。すると相手は驚いて、おのれの右側の堀端の方に寄ったのだ。剣客ともあろう者が、堀に飛び込んで逃げるのか！　──焦ったわしは、それで」

言い募った岩藤が、いきなり刀の柄《つか》に手を掛けた。

それを見た六平太は、腰の刀に左手を添え、いつでも抜ける構えを取り、

「それでどうした」

岩藤に低い声を投げかけた。

「そのまま腰を落とし、抜いた刀を左から右へと斬り上げた」

そう言い放った動きの通りに刀を抜いた岩藤は、六平太の右側から腹を裂くように斬り上げた。

咄嗟《とっさ》に後退《あとじさ》るとすぐ、風を切るような音を立てた岩藤の刀が六平太の体側近くを走った。

素早く刀を抜いた六平太は、二の太刀を防ごうと岩藤に切っ先を向ける。

岩藤は、一間（約一・八メートル）ほどの間合いを取ると、八双に構えた。

「お前さんの太刀筋なら、腹の臓腑が斬られていてもおかしくないはずだが」

「あ奴めは、なにゆえか、堀へ向かって体を捻った。わしの刀は、そのせいで奴の左腰に差してあった鞘に当たったのだ――！」

「やはりな」

六平太が呟いた。

「身代わりは、死んだのか」

「深手を負って、眠り続けている」

そういうと、六平太はツッと岸辺へと動き、川面《かわも》を背にした。

八双の構えをゆっくりと崩した岩藤が、馬庭念流《まにわねん》の『上段の構え』を取った。

二人は対峙《たいじ》したまま、動けない。

三度か四度の息遣いをした直後、岩藤の顔で微かに明かりが揺れた。おそらく、川を下る屋根船の明かりと思われる。

岩藤が瞬きをしたその瞬時、六平太は素早く突進して、向けていた切っ先を相手の喉《のど》に突き入れた。

ぐぐぐ、喉から不気味な音が洩れて、岩藤は前のめりに倒れた。

地面には血が広がっているだろうが、すっかり暮れた川端ではそれは見えぬ。

ふう。

大きく息を吐くと、六平太は刀を鞘に納めた。

煌々《こうこう》たる明かりを放つ屋根船が川下へ去って行くのを、六平太は眼の端で捉《とら》えていた。


月が替わって二日が過ぎた今朝、『市兵衛店』はすっかり冷え込んだ。

「暦が冬になったとたん、お天道様が余計な気を利かせたに違いない」

大工の留吉は、ぼやきながら仕事へと出かけて行った。

朝方の冷え込みは、日が高く昇った四つ時分にはすっかり消えて、隣家の屋根瓦《がわら》に寝そべっている猫の姿が見られた。

大川端で岩藤と剣を交えてから七日が経っている。

六平太が二階の物干し台に褌や襦袢《じゆばん》などを干し終えた時、平尾夫婦の家から出てきた医者と若い修業医が、表の通りへ去って行くのが見えた。

鉄炮町の医者の家で寝かされていた伝八は、四日前に目覚めると、日に日によくなり、重湯を口にするまでになっていた。

見舞いに行った六平太や他の住人たちとも言葉のやり取りも出来るようになったの

で、月が十月に替わったばかりの昨日、伝八は医者の家の下男などが曳く大八車に乗せられて『市兵衛店』に帰ってきたのである。

まだ立って歩くことは叶《かな》わないが、顔や手も動くし、手を貸せば横向きにもなれた。

『市兵衛店』に戻ってきた昨日、六平太をはじめ、仕事を終えて帰ってきた住人が見舞いに駆け付けたが、

「長居をしては平尾さんが疲れる」

大家の孫七の申し出に応じて、皆、早々に引き上げた。

物干し台を降りた六平太が階下に降りるとすぐ、

「秋月様」

戸口から多津江の声がした。

戸を開けると、路地に立っていた多津江が、

「主人が、秋月様にお話があると申しているのですが」

小さく頭を下げた。

「おれは構いませんが、体に障りませんかね」

「どうか、お気遣いなく」

多津江は、微笑《ほほえ》みを浮かべた。

「それじゃ、このまま伺いましょう」

着流しの上から上っ張りを羽織っただけの装りで、路地に出た。

多津江に続いて隣りの平尾家に上がった六平太は、板張りの奥で掻巻にくるまれて横になっている伝八の傍で胡坐をかいた。

「多津江さん、どうか、おれのことは構わないでください」

六平太は、茶を淹れようとしている多津江にそう声をかけたが、

「ええ」

と返答しただけで、多津江は茶の支度を続ける。

「秋月さん、この前、妻に渡された五両の見舞金は、どんな謂《いわ》れのものなのでしょうか」

そう尋ねた伝八の顔には、不安がこびりついている。

「おれが以前酒の場で懲らしめたことのある大身の旗本の小倅に、知り合いが闇討《やみう》ちに遭《あ》ったと話したら、それはひどいと怒って、見舞金にとおれが託されたもんだよ」

「しかし、多すぎます」

多津江が、茶の支度をしながら呟いた。

「気になさいますな。なにせ、四千六百石取りの旗本ですから」

六平太が陽気な声でそういうと、

「医者の払いも、一両も掛かりませんでしたのに」

多津江は恐縮した。

「いや。金が入用になるのはこれからですよ。薬代も掛かる上に、仕事もろくに出来ないとなると、暮らしを立てる金が要ります。残りの金は、それに回せばよいのです」

真顔になった六平太は、事を分けて説き伏せた。

「秋月さんの言葉に甘えようか」

少し迷った末に伝八が呟くと、多津江は小さく頷いた。

「うん。それでいいんだよ」

うんうんと頷いた六平太の前に、多津江が湯呑を置いた。

「秋月さん、この前から妻と話をしてましたが、わたし、付添い仕事をやめることに決めました」

伝八の言葉に六平太は、湯呑に伸ばしかけた手を引っ込めた。

「わたしはどうも、自分の身の丈に合わないことをしようとしていたんですよ。刀など使えないにもかかわらずにです」

「付添いをやめて、なにを」

六平太は、夫婦の様子に眼を向けた。

「主人は、体がよくなったら、越後《えちご》に戻ってもいいとも申します」

「国は、越後ですか」

「はい」

そういうと、多津江は笑みを浮かべて目を伏せた。

「なにも、越後でなければならんということではありませんが、武士だということを忘れて、どこかで、畑仕事なり炭焼きなりして暮らせればと」

伝八が決意を述べると、多津江は大きく頷いて賛同を示した。

「それで、どこかに、行く当ては」

六平太が尋ねると、

「越後に戻るのは、やめた方がよいのかな」

そう呟くと、伝八は多津江に眼を向けた。

「帰るのに不都合などありませんが、離縁された身を、親や親戚《しんせき》の眼に晒《さら》すのはいささか」

そう口にした多津江は、そっと顔を俯《うつむ》けた。

「そうだな。わたしらのことなど何も知られていない、しがらみのない土地がよいな」

穏やかな物言いをした伝八は、ゆっくりと天井を向いた。

「ちと尋ねるが」

夫婦のやり取りを聞いていた六平太は、思わず身を乗り出し、

「しがらみのない土地というのは、それは例えば、八王子でもいいのか。仕事が例えば、お蚕相手でも」

二人の顔色を窺った。

「むろん」

伝八が答えると、

「お蚕を飼っている家は、越後にも多くありましたねぇ」

多津江は、伝八に笑みを向けた。

「もし、人手が欲しいという蚕屋さんがあれば、先々、働く気はあるかね」

「そりゃ。秋月さんが口を利いてくださるなら、わたしどもは安心ですから」

伝八の返答に頷いた多津江を見た六平太は、

「よし分かった」

自分の膝を叩くと、湯呑に手を伸ばした。

着流しの六平太が菅笠を被り、襟巻を首に巻いた姿で浅草元鳥越の『市兵衛店』を後にした。

先刻、平尾夫婦の思いを聞いた六平太は、九つの鐘が鳴ると同時に家を飛び出していた。

昼餉はまだだが、腹が減ったら途中にある蕎麦屋に飛び込むつもりだ。

六平太が向かっているのは、雑司ヶ谷《ぞうしや》である。

竹細工師の作蔵《さくぞう》に会い、先月死んだ、八王子の豊松《とよまつ》の女房のおすがに問い合わせをしてもらいたいという思い付きを胸に抱えて、気持ちを逸《はや》らせていた。

豊松の後を継いで養蚕に勤《いそ》しむというおすがの甥《おい》が承知するなら、その手伝いに平尾夫婦を雇ってもらえないかと頼むつもりである。

なにも、養家に戻らず、小間物屋『寿屋』に奉公をした穏蔵の代わりにというつもりは微塵《みじん》もない。

むしろ、六平太の身代わりになって負傷した平尾への詫《わ》びと言えた。

神田佐久間町《さくまちよう》の裏道を急ぎながら、六平太はふっと、町家の塀から伸びた枝にしがみついている、ひとつの熟柿《じゆくし》に眼を遣った。

※この作品はフィクションであり、登場する人物・団体・事件等は、すべて架空のものです。

小学館文庫
好評既刊

脱藩さむらい

金子成人

ISBN978-4-09-406555-8

香坂又十郎は、石見国、浜岡藩城下に妻の万寿栄と暮らしている。奉行所の町廻り同心頭であり、斬首刑の執行も行っていた。浜岡藩は、海に恵まれた土地である。漁師の勘吉と釣りに出かけた又十郎は、外海の岩場で脇腹に刺し傷のある水主の死体を見つける。浜で検分を行っていると、組目付頭の滝井伝七郎が突然現れ、死体を持ち去ってしまった。義弟の兵藤数馬によると、死んだ水主の正体は公儀の密偵だという。後日、城内に呼ばれた又十郎は、謀反を企んで出奔した藩士を討ち取るよう命じられる。その藩士の名は兵藤数馬であった。大河時代小説シリーズ第1弾！

小学館文庫
好評既刊

かぎ縄おりん

金子成人

ISBN978-4-09-407033-0

日本橋堀留『駕籠清』の娘おりんは、婿をとり店を継ぐよう祖母お粂にせっつかれている。だが目明かしに憧れるおりんにその気はなく揉め事に真っ先に駆けつける始末だ。ある日起きた立て籠り事件。父で目明かしの嘉平治たちに隠れ、賊が潜む蔵に迫ったおりんは得意のかぎ縄で男を捕らえた。しかし嘉平治は娘の勝手な行動に激怒。思わずおりんは本心を白状する。かつて嘉平治は何者かに襲われ、今も足に古傷を抱える。悔しがる父を見て自分も捕物に携わり敵を見つけると決意したのだ。おりんは念願の十手持ちになれるのか。時代劇の名手が贈る痛快捕物帳、開幕！

小学館文庫
好評既刊

勘定侍 柳生真剣勝負〈一〉召喚

上田秀人

ISBN978-4-09-406743-9

大坂一と言われる唐物問屋淡海《おうみ》屋の孫・一夜は、突然現れた柳生家の者に御家を救えと、無理やり召し出された。ことは、惣目付《そうめつけ》の柳生宗矩《むねのり》が老中・堀田加賀守《かがのかみ》より伝えられた、四千石の加増にはじまる。本禄と合わせて一万石、晴れて大名となった柳生家。が、大名を監察する惣目付が大名になっては都合が悪い。案の定、宗矩は役目を解かれ、監察される側に立たされてしまう。惣目付時代に買った恨みから、難癖をつけられぬよう宗矩が考えた秘策が一夜だったのだ。しかしなぜ召し出すのが商人なのか？　廻国中の柳生十兵衛も呼び戻されて。風雲急を告げる第1弾！

―本書のプロフィール―

本書は、小学館文庫のために書き下ろされた作品です。

小学館文庫

付添《つきそ》い屋《や》・六平太《ろっぺいた》

河童《かっぱ》の巻《まき》　嚙《か》みつき娘《むすめ》

著者　金子成人《かねこなりと》

二〇二一年十二月十二日　初版第一刷発行

発行人　石川和男
発行所　株式会社 小学館
〒一〇一-八〇〇一
東京都千代田区一ツ橋二-三-一
電話　編集〇三-三二三〇-五九五九
販売〇三-五二八一-三五五五
印刷所――中央精版印刷株式会社

この文庫の詳しい内容はインターネットで24時間ご覧になれます。
小学館公式ホームページ　https://www.shogakukan.co.jp

ISBN978-4-09-407102-3